横浜・山手図書館の
書籍修復師は謎を読む

宮ヶ瀬 水

宝島社

横浜・山手図書館の書籍修復師は謎を読む

作中、登場人物が物語の正体を指摘して以降は、その作品の内容に触れる記述がありますので、作品を未読の方はご注意ください。

Prologue

　少し硬い、表紙の角を撫《な》でるのが好きだ。紙の匂いやインクの匂い、頁《ページ》を捲《めく》るかすかな音が好きだ。

　物語の中に入ると、自分ではない別の存在に変身できるのが好きだ。外国の旅人、勇敢な冒険者、あるいは猫。周囲は見慣れたいつもの部屋ではなく、いつの間にか遥か昔や遠い未来、宇宙船の中や妖精の棲《す》む深い森になっている。

　その日は、火山地帯を果敢に進む調査団の一員になっていた。ゴツゴツとした黒い岩肌を慎重に踏みしめながら、熱いマグマを横目に歩く。火口からは時折、鮮やかな朱色をした火柱が吹く。降り掛かっている火の粉を避けながら、それでもなお怯《ひる》まず、一歩一歩、人智の及ばない自然の世界の奥を目指す。

　数々の困難を乗り越え、ようやく火山の最奥に棲むという伝説の竜の足跡を発見したときだった。

「ご飯よ、降りてらっしゃい」

　階下から響く母の声で、読也《よみや》は無理やり現実に引き戻された。

　せっかくいいところだったのに。

伝説的に語られてきた竜が本当に存在するのか否か、いますぐ確かめたい衝動に駆られる。

「聞こえてる？　ご飯よ」

再び聞こえてきた声に、読也は頁を捲ろうとした手をしぶしぶ止めた。小さくため息をつき、上部についている臙脂《えんじ》色のスピンを挟んで本を閉じた。ベッドの上にぽんと置いて部屋を出ると、鼻をくんくんと動かして夕飯の匂いを確かめながら、一段ずつ階段を下りていく。

あれは小学生になる直前だったはずだ。いま思い返せば、幸せな記憶の一頁。本を読み、夕飯を食べて風呂を済ませ、また急いで部屋に戻って物語に没入する。

幼い頃から、ずっと本が好きだった。はじめはほとんどが絵だけで進行する童話。つぎに、ひらがなで短い文章が書かれたものを読むようになり、次第に文字の多い本へ移行した。そうしているうち、だんだんと複雑な物語でも理解できるようになった。すべて文章で構成された児童文学をはじめて読み切ったときは、誇らしい気持ちになったものだ。

小学校にあがると、図書室に並べられている本を端から読んでいった。伝記も図鑑も面白かったが、なにより好きなのはフィクションだった。高学年からは大人向けの文庫も漁るようになり、中学、高校とも図書館通いを続け、読書の習慣は大学生になったいまでも続いている。

成長し視野が広がると、物語の世界の外にも楽しいことがたくさんあることを知った。だが、それでも読書は読也にとって特別なものであり続けた。物語は読也を喜ばせ、驚かせ、成長させた。たとえ内容を忘れてしまったとしても、感情を揺り動かされた強い熱は身体の中から消えない。読也は、本を嫌いになったことなど一度もなかった。

だから、読也は知らなかった。自分はただ、運が良かっただけなのだと。

物語は絶対の安全を保証された冒険ではない。ふとしたきっかけで、気づかぬまま、恐ろしい物語の渦に巻き込まれてしまうこともこの世にはあるのだということを、知らなかった。

＊

梅雨入り直前の六月。

大学二年になった読也は、私立・山手《やまて》図書館の前に立っていた。

黄茶のレンガを並べた外壁に、深いグリーンの両開き扉。横浜《よこはま》市山手町《やまてちょう》にあるこの洋館は、一九三〇年にスイス人の文学者、ルイス・アンビュールがヨーロッパ文学と製本の技術を伝えるため来日した際に建築されたものだ。大戦のためにルイスが帰国を余儀なくされたとき、熱心に製本の技術を学んでいた一番弟子の日本人に譲り渡され、いまもその子孫が横浜市の文化芸術活動団体事業補助金を受けながら経営を続けている。蔵書は約四万冊。けっして規模の大きな図書館ではないが、ヨーロッパ文学に関する貴重な資料や製本の技術書が揃《そろ》っている。

ここが、今日から読也の働くアルバイト先だ。

大学生ならサークルに入るものだと言って、入学時、周囲の友人たちはそれぞれに興味のあるところに加入したが、読也はどこにも参加しなかった。授業以外の時間には、本を読んでいたかったからだ。

大学生活最初の一年は、学内の図書館に入り浸った。実感したのは、やはり自分は本に触れていたいということだ。本を買うためにアルバイトをする必要があると考えたとき、まっ先に思い浮かんだ職場は書店か図書館だった。仕事中は当然、読むことはできないが、本に触れられるだけで幸せだと思った。

正面玄関ではなく、事前に伝えられていた裏の通用口から入る。外観はだいぶ古びているものの、中は近年改装されたらしく、床も天井も築年数から受ける印象よりずっと新しい。

読也はまず、通用口からすぐの位置にある事務室へ向かった。ノックをし、鈍い金色のドアノブを下げる。

「おはようございます」

扉を開けながら声をかけると、ショートカットを綺麗《きれい》な茶に染めた女性が振り向いた。この図書館の司書をしている斎田《さいた》だ。彼女は図書館以外の事業も行なっている多忙な館長に代わり、実質的にこの図書館を取り仕切っている責任者だ。読也の面接も、担当してくれたのは斎田だった。

「あ、ヨミくん、来た来た」

パタパタとリズミカルな足音を鳴らしながら近づいてくる。

「さっそくだけど、これがエプロンね。業務中は着用することになっているから。外に出るときは脱ぐこと」

渡されたのは、深いグリーンのエプロンだった。斎田が身につけている焦茶のエプロンとは異なる。

「人によって色が違うものなんですね」

こういうものは皆同じだと思っていたので、少し意外に感じて言うと、斎田は首を振った。

「本館では、焦茶のエプロンを着けることになってるの。ヨミくんには修復棟に行ってもらうことになったから、修復棟用につくったグリーンのエプロン」

てっきり斎田とともに図書館で働くものと思っていたのだが、違うらしい。

「修復棟って何ですか」

「この建物の離れにある棟を、そう呼んでいるの。うちの図書館、その昔に製本の技術学校を開いていた名残で、図書修復師がいるのよ。いまは手製本なんてほとんどないから、専ら修復だけをやっているんだけどね。この図書館の資料だけじゃなくて、全国から持ち込まれた図書の修復も手がけていて、わりと有名なんだ。専門の図書修復師なんて、日本には滅多にいないから」

来館したお客様の希望する本を探したり、返却されたものを書棚に戻したりする仕事を想像していた読也は、少々面食らった。図書の修復をする部署に行って、はたして自分などが役に立てるだろうかと不安になる。

だが、すぐに思い直す。読也の場合、司書の補助をするより、修復棟のほうがまだましに動けるかもしれない。

「わかりました。離れに行けばいいんですね」

「波々壁《ははかべ》さんっていう図書修復師が、そこの管理主任だから。ちょっと変わってるけど、ヨミくんなら誰とでも仲良くなれそうだし、きっとうまくやれると思う。頑張って」

斎田はいまいる本館から、修復棟へ行く道順を教えてくれた。渡り廊下で繋《つな》がっているらしく、外に出なくても移動できるようだ。

礼を言って事務室を出ると、読也はエプロンを片手に持ったまま、斎田に教えられた通りに本館の廊下を最奥まで進み、突き当たりにある木製の扉を開けた。

渡り廊下は細く長く、薄暗かった。白いクロスの壁には「荷積禁止」の貼り紙があり、実際、床の上に物はひとつも置かれていない。廊下に幅がないので、段ボールでも積んでしまうと台車が通れなくなってしまうのだろう。

廊下は、体感で十五メートルはあったように思う。離れとは聞いていたが、思ったよりも本館から遠い。奥まで進むと再び木製の扉があり、上部に「修復棟」の金プレートが掲げられていた。

扉をくぐると、先の空間はさらに薄暗かった。図書を日焼けさせないためなのだろうが、すべての窓に厚手のカーテンが引かれていて、昼なのに外の光は一切入ってこない。光源は天井から吊《つ》り下げられた数個のシンプルなペンダントライトのみで、本当にここで図書の修復が行われているのか、疑問に思うほどだった。

内部にいるのでわかりにくいが、修復棟の割り当てられた離れは、八角形をした二階建のようだ。面積は一階と二階を合わせて百平米弱程度だと思われるが、棚に、キャビネットに、あるいは床に敷かれた布の上に積まれた大量の図書たちが部屋のほとんどを占拠していて、広さはどうにも摑《つか》みにくい。

見ると、図書の中にはいまにも表紙が取れてしまいそうなひどい状態のものもあった。そういった本は、木製の台の上に一冊ずつ丁寧に並べられている。

学校の教室ほどしかない狭い空間に、大量のダンボールと、大量の図書。まるで紙の森のようになっていて、入口からでは奥まで見通すことはできなかった。人の気配は皆無で、全体にどことなく不気味な雰囲気が漂っている。

ピチュチュチュ、ピチ
場にそぐわない音がした。

読也は一瞬、耳を疑ったが、間違いない。鳥の囀《さえず》りだ。

ピチュチュチュ、ピチュチュチュチュ
鳥は小さく、しかし絶え間なく囀りを続けている。その明るい声音と、薄暗く不気味な部屋の雰囲気は極めてちぐはぐで、読也は困惑した。

「きみが、斎田さんの言っていた『ヨミくん』？」

急に投げられた声にびくりと肩が震えた。声の方向を見ると、図書修復師と聞いて想像していたよりずいぶんと若い男が、なぜか肩に黄色い小鳥を乗せて立っていた。

二十代半ばくらいだろうか。黒いスーツの上にまっさらな白衣を羽織った、どことなく陰のある青年がこちらを見ている。その傍らにあるキャビネットの上には、深いグリーンのエプロンが畳まれたまま放置されていた。

「そうです。今日から修復棟で働かせていただきます、藤本《ふじもと》読也です。よろしくお願いします」

読也が頭を下げると、男は顎を引くようにしてうなずいた。真顔のまま、ぼそぼそとした声で言う。

「俺の名は波々壁。きみのことは斎田さんから聞いている。俺も、ヨミと呼んでも？」

「あ、はい」

読也はうなずいてから、最初にする質問としてはどうかと思いつつも、どうしても気になり、指さして訊《たず》ねた。

「すみません、あの、どうしてここに小鳥が」

「これはレモンカナリア。名もカナリアだ。時折、仕事に使っている。糞《ふん》は鳥籠の中でしかしないから、図書を汚す心配はない。大丈夫だ」

べつにその心配はしていなかったのだが。それに、カナリアを仕事に使うというのは、どういう意味だろう。

「ここは本館のほか、外部から依頼されて持ち込まれた図書も扱っていて仕事量が多い。手伝ってもらえるのは助かる。きみは、だいぶ読書家だと聞いたのだけど」

読也はうなずいた。

「はい、本は好きです」

「なら、毎日どんな本を読んでいるのか教えてくれないか」

「はい？」

予想外の質問だった。表情からするに、世間話で訊ねている様子ではない。第一印象にすぎないが、波々壁という男はあまり愛想の良いタイプではなさそうだ。アルバイトとしてやってきた読也に、そこまで興味がありそうにも思えない。いったいどういうつもりの質問なのか掴みかねて、読也は困惑した。

だが波々壁は、読也の戸惑いに気づく素振りもなく、同じ口調で重ねて訊《き》いてくる。

「新書？　それとも実用書？　伝記か、歴史か、自然科学か。それとも――、物語か？」

物語、という発音にだけやけに凄味《すごみ》を感じて、読也はすぐに言葉を返せなかった。

波々壁の瞳は一切笑っていない。瞳孔の光はきわめて鈍く、生命力が感じられなかった。

読也は唾を飲み込んでから、やや掠《かす》れた声でようやく言った。

「物語だと、なにかあるんですか」

「物語と現実の行き来に慣れていたほうが、都合がいいんだ」

わけのわからないことを言われ、読也はますます混乱した。

「あの、たしかにおれが好んで読むのは物語ですけど」

読也は答えてから「物語と現実の行き来とはどういうことですか」と続けようとしたのだが、波々壁はその前にくるりと背を向け、もう話は終わったとばかりに、作業台にしているらしい大きな木製のデスクのほうへ行ってしまう。この間も、波々壁の肩の上の小鳥はピチュチュチュと鳴き続けている。

読也は唖然《あぜん》としながら、波々壁はちょっと変わってる、という斎田の台詞《せりふ》を思い出していた。

だが、はたしてこれは「ちょっと」だろうか。

波々壁が物語にこだわる理由も謎だし、物語と現実の行き来に慣れていたほうが都合がいいという意味も謎だ。図書の修復に、本の内容は関係がない。それに、修復棟にカナリアがいる意味もわからない。

謎だらけの図書修復師。

普通なら不安になるところだろう。だが、なぜか読也は、自分でもその理由がわからないままに、波々壁という人間に興味を持ちはじめているのを感じていた。

図書修復師という、今日まで知らなかった職業にも心惹かれるものがあるし、なにより、波々壁も物語が好きなら、きっと読也と気が合うはずだ。

手に持ったままだった深緑のエプロンを手早く身につける。

「波々壁主任。おれはまず、なにからやればいいですか」

積み上げられた本の間を縫って、読也は作業デスクへ駆け寄った。

第一話　微笑みの優しさ

わたしの所属するこの学園は、カトリック系の厳格なミッションスクールだ。全寮制で、生徒は二人でひとつの部屋を使っている。わたしも三月までは同級生と一緒だったのだが、二年に進級するタイミングでその子が転校していってしまったため、いまはひとりで使っていた。

わたしはいつも、窓の近くに置かれた二段ベッドの下段に寝ていた。上段は、新しい子が入ってくるまでは空っぽ。ひとりは少し寂しいが、気楽でもあった。夜くらいは、本来の自分に戻ってゆっくりと過ごしたい。

あるとき、わたしは夜中にふっと目覚めた。昔からごくたまにこういう夜があって、一度目覚めるともう、朝まで眠れない。以前はどうにかして眠ろうと努力したが、いまはもうなにをやっても駄目だとわかっているので、わたしは眠ることをさっさと諦めて上半身を起こした。

時計を見ると、深夜零時。梅雨入り前の、湿気の多い暖かな夜だった。周囲はしんと静まり返っており、物音はひとつもない。この学園で起きているのは自分だけ。そう思うと、少し愉快で、少し怖かった。

窓にかけられた厚いカーテンに、橙色《だいだい》の明かりがちろ、と射したような気がした。明かりはすぐに消えたが、わたしはベッドの中で上半身を起こした格好のまま固まった。

外を、誰かが歩いている。ここは一階だから、その人が持つ明かりがカーテンに映ったのだろう。でも、いまは夜中だ。学園の誰が、外を歩くというのだろう。

明かりの正体が気になったわたしは、すばやくベッドを抜け出すと、スリッパを履いて窓に近寄った。カーテンの端をそっと捲って外を見る。

黒い影が歩いていた。わたしは小さく息を吞《の》んだが、暗闇に目をこらしてよく見てみると、やはりそれは人だった。紺色のローブを着ているせいで、影が動いているように見えたのだ。女性のようだが、この学園には女性しかいないので、誰であってもおかしくはない。学園の塀は高く簡単に乗り越えられるようなものではないし、門限の午後九時以降はすべての入口に警備員が常駐しているから、外部の人間ではないはずだった。せめてシスターなのか生徒なのかだけでも知りたかったが、後ろ姿だけではそれすらも判断がつかなかった。

わたしは着ていたパジャマを脱ぐと、チノパンと長袖のカットソーに着替えた。靴は寮の玄関に置いてあり、取りに行っていたら見失ってしまうので、仕方なく学生鞄《かばん》の隣にあった体育館用の上履きシューズを取り出す。

カーテンを束ねてそっと留めると、音を立てないように窓を開け、シューズを履いて外へ飛び出した。あのローブの女性は誰で、こんな夜中にいったいなにをしているのだろう。強い好奇心が、わたしを突き動かしていた。

地面に降りたときには、ローブの女性はかなり先を行っていた。だが、暗闇の中、彼女の持っているランプの明かりが蛍のように浮いているので、追うのは簡単に思えた。

ローブの女性は寮の横を迷いなく通り過ぎると、北の森へ向かっていく。学園の敷地内の森なので野犬などの危険はないはずだが、足元は舗装されておらず、草木も生い茂っており、普通は視界の悪い夜に行こうとは思わない場所だった。

時折、なにかの鳥が鳴くほかは、いたって静かな夜だった。雨が降っていないのが不思議なほど、湿度が高い。あまり整理されていない森で、伸び放題の雑草や小石が邪魔したが、ローブの女性の行く跡を辿《たど》れば、進むのに難しいことはなかった。

ローブの女性は勝手知ったるといった様子で、森の中をするすると進んでいく。わたしは地面に落ちた小枝などを踏んで音を立てないよう、慎重に足を運んだ。いまが下草の柔らかい緑の季節でよかったと、神に感謝した。

時計を持ってこなかったので正確にはわからないが、十分以上は歩いたと思う。唐突に、草木の開けたところが現れた。中央に白木で造られた小さな宮が置いてある。

宮自体は三十センチ角ほどの大きさだったが、その底部から地面に伸びた柱によって、ローブの女性の身長と同じくらいの高さがあった。

こんな場所があるなんて知らなかった。怪談や七不思議を楽しんで話す年頃の女子の中で生活しているが、噂《うわさ》ですら聞いたことがない。

宮の木の肌は汚れておらず、まだ新しいように見えた。だがその宮の発する強烈な雰囲気に、わたしはたじろいでいた。宮の形から、日本の神社が持つような和の雰囲気を感じ取ったからだ。

ここはカトリック系のミッションスクール。日本式の宮がここに存在しているのは、まったくもって異質なことだった。

真っ白の画用紙に赤い絵の具をぽとりと落としたような、あってはならないものがそこにあるような違和が恐怖となって、わたしの全身をあっという間に支配した。

風が吹き、木々がざわざわと音を立てた。

わたしは後悔していた。あのまま部屋にいればよかったのに、なぜ彼女を追いかけてきてしまったのだろう。わたしを突き動かしていた好奇心は、とっくに萎《しぼ》んでしまっていた。ローブの女性に話しかけることなどできず、かといって森の中をひとりで駆け戻ることもできず、わたしは固まったまま動けなくなってしまった。

ローブの女性は袂《たもと》から小さな鍵を取り出すと、宮の扉をそっと開けた。

その中にあったもの。

わたしははっとなった。

白木の宮からではなかった。怨念とも取れるような、強い強い情調を放っていたのは、中に収められているあれだったのだ。

相変わらず身体は動かない。暖かい夜のはずなのに、指先が震えて止まらなかった。

だが、それだけでは済まなかった。女性が祈りのために頭を覆っていたローブを外すと、さらなる衝撃がわたしを襲った。

どうして、どうしてあのひとが。

＊

水曜日は昼までしか授業を取っていないので、山手図書館でのアルバイトまでには少し時間がある。

読也は講義室を出るとまっすぐ大学図書館に向かい、検索機に芥川龍之介《あくたがわりゅうのすけ》の『蜜《み》柑《かん》・尾《び》生《せい》の信《しん》』と入力した。しばらくお待ちください、という文言の後に「貸出中」の表示が出る。

いまは芥川の気分なのに、と読也はため息をついた。読みたい本を読みたいときに読めないフラストレーションは、如何《いかん》ともし難い。だが貸出中なのを嘆いていても返却されるわけではないので、書棚の間をうろうろとして散々吟味し、結局は同じ芥川の『河童《かっぱ》・或阿呆《あるあほう》の一生《いっしょう》』と『杜子春《とししゅん》』の文庫を抜き取ってラウンジエリアに移動した。

本が傷まないよう図書館に窓は少ないものだが、書棚から離れたラウンジエリアは、前面がガラス張りになっている。窓を覆うレースカーテンの隙間から、外の光がわずかに透けて届いていた。今日は曇りで光量も少ないが、図書館内でもっとも明るいこの場所は、読也のお気に入りだった。

点々と並べられたソファーの中から空いているひとり掛けを選んで座り、サイドテーブルに二冊を置く。今日はこのあとアルバイトへ行かねばならないから、いま読めるのはどちらか一冊だ。さてどちらにしようかと背表紙を眺めたところに、上方からふっと影が落ちた。

「ヨミ」

顔をあげると、時田千都生《ときたちとせ》が立っていた。

千都生は整った眉間にこれ以上ないほど深い皺《しわ》を刻んでこちらを見ていたが、機嫌が悪いわけでは、多分ない。彼女は一学年上の三年生で、学部も異なるため大学では関わりがないが、住んでいるアパートが同じで、千都生も本好きのため、家や図書館、書店などでよく遭遇する。長い黒髪に白い肌といった大和撫子《なでしこ》然とした風貌を持ちながら、その固い表情ととんでもない口の悪さで周囲から一歩引かれている、学内では有名な存在だった。

その手に『蜜柑・尾生の信』があるのを見て、読也は目を瞠《みは》った。

借りていたのは千都生だったのだ。千都生とはなぜかこんなふうに読みたい本が被ることが多い。学校図書館の本で読みたいタイトルが被ったときは、大人げなく奪い合いだ。しかし、人気作家の新刊ならともかく、まさか芥川で被るとは。

「その『河童・或阿呆の一生』、わたしがつぎに読もうと思ってたんだけど」

千都生が読也の持つ文庫を指さして言うので、思わず笑ってしまった。すかさず千都生がじろりとこちらを睨む。

「なに」

「いや、千都生が持っている『蜜柑・尾生の信』、おれも探していたからちょうどいいなって」

交換すれば万事解決、と読也が手を伸ばすと、千都生は本を庇《かば》うように背にやった。

「これはまだ、読んでる途中」

どうやら千都生は、『蜜柑・尾生の信』はこちらへ渡さずに、読也の持つ『河童・或阿呆の一生』のみを奪うつもりでいるらしい。そうはいかないぞと、読也も本を持つ手に力を込めた。

「それならおれだって、この『河童・或阿呆の一生』はいまから読むところなんだけど」

「途中なのと、これから読むところなのは、違う」

横暴なことを言われているはずなのだが、つい、一理あると思ってしまう。読んでいる途中で本を手離すのは、たしかに嫌だ。だがまだ読みはじめていないのなら、多少は我慢ができる気がする。

「わかったよ」

読也はしぶしぶ『河童・或阿呆の一生』を千都生に手渡した。『蜜柑・尾生の信』と『河童・或阿呆の一生』の両方を得た千都生は、ほかのことでは絶対に見せないような百パーセントの笑顔を浮かべると、読也の前からさっさと去っていった。

思わぬ強奪に遭い、仕方なく手元に残った『杜子春』を開いた読也だったが、束の間だが読むことができると期待してしまった『蜜柑・尾生の信』が頭から離れず、どうにも集中できない。

しばらくはぱらぱらと頁を捲っていた読也だったが、やがて本を閉じると、少し早いが山手図書館へ向かおうと、ソファーから立ち上がった。

＊

みなとみらい線に乗り、終点の元町《もとまち》・中華街《ちゅうかがい》駅で降りると、中華街と反対側の出口から外に出て山手迎賓館《げいひんかん》の脇にある坂をひたすら上り続ける。アルバイトを始めるまで山手エリアになじみのなかった読也にはこの道が一番わかりやすいのだが、もっと合理的なルートはないものだろうかと思う。

山手は旧外国人居留地として発展した丘陵地で、坂が多い。西洋の館やマリア像などが点在する異国情緒あふれる街並みは好きだが、坂が多いのだけはどうにもいただけなかった。

雨こそ降らないものの、湿気が多くじめじめとした日だった。沖縄と九州地方はすでに梅雨入りが発表された。関東もあと一週間もしないうちに雨の季節がやってくる。

交番のある角を右折して岩崎《いわさき》博物館の前を通って進み、つきあたりにある外国人墓地を左折する。英国国教会の前を通り過ぎると、ようやく山手図書館が見えてきた。

山手図書館の敷地は広く、前庭には噴水とローズガーデンがある。いまはちょうど夏バラが咲き始める時季らしく、黄色やピンクの大輪が賑《にぎ》やかで、湿気に混じって濃い花の香りがあたり一面に立ち上っていた。

黄茶のレンガ造りの本館は、東西にのびた二階建の洋館だ。渡り廊下が伸びた先には同じく二階建の八角形をした離れがあり、そちらが読也の働く修復棟になっている。

アルバイトを始めてそろそろ一か月が過ぎようとしていた。はじめの頃は一度本館に入ってから渡り廊下を通って離れまで行っていたが、庭を通って外から直接入ることができるとわかってからは、そちらを使うようになっていた。

　修復棟は、本館と同様かなり年季が入っている。屋根はおそらくもとは緑だったはずだが、いまはくすんで灰色に近くなっていた。外壁には蔦《つた》が絡まり、レンガにはところどころヒビが入っている。読也が木製の玄関扉を押し開けると、ギイイ、と不快な音があがった。

「おはようございます」

　一応、出勤と退勤の際は声を掛けるようにしているが、たいてい返事はない。波々壁はいつも作業デスクに掛けて図書の修復に集中しており、読也の声に気づかないのだ。

　図書を修復するのに使う紙やらテープやらが入った段ボールを崩さないよう、気をつけながら奥の作業デスクへ近づく。そっと覗《のぞ》くと、波々壁はいつもどおり、デスクランプの橙色の明かりの下で図書の修復を行なっていた。

　波々壁が作業台として使用しているのは、縦一メートル、幅二メートルはある、両袖の木製デスクだ。机上には薄い透明のガラスでできたマットが敷かれ、水が入った小瓶が置かれている。白い布手袋を嵌《は》めた波々壁は、手中の細い面相筆に水を少量含ませ、繊細な手つきで本の表紙の裏側、見返しの上部を撫でていた。

いま修復の作業がなされている本に、波々壁は昨日から付きっきりだった。赤い布張りのその本は、約四十年前に出版された古いものらしく、見返しに貼られた効き紙が破れ、ちりの部分から布が飛び出してしまっていた。持ち主はかつて、それをセロハンテープで貼って補修してしまったらしく、変色したテープの糊《のり》が溶けてベタベタにくっついていた。昨日の作業で修復の邪魔になる糊はあらかた取り、布の破れもすでに直していたが、波々壁はできるだけ綺麗にして依頼者に返そうとしているようだった。わずかな水を含ませて隅に残った古い糊をやわらかくし、少しずつ少しずつ除去している。

本は新約聖書なので、内容を知るだけならば新品の普及版を買えば事足りる。だがカトリック系の女子校に勤めているという依頼者は、代々の生徒たちが使用してきた思い入れのあるその聖書を直して欲しいと、わざわざ波々壁のもとを訪ねてきたという。その気持ちに応えるべく、彼は作業に没頭している。

読也がこの修復棟で任されているのはあくまで雑用で、修復の作業自体には関わりがない。だが、まったく知識がないまま依頼者の大切な図書に触れるのも恐ろしく、読也は休憩時間に波々壁から図書修復の教科書を借りて、わずかながら勉強することにしていた。

スイスで製本と修復の修業をしていたという波々壁が持っていたのはほとんどが英

語かフランス語の本で、特にフランス語のほうの文章は読也にはまったくわからなかったのだが、絵や図を見、書かれているいくつかの単語を調べると、言わんとすることはなんとなく理解できた。

それによると、どうやらセロハンテープで図書の補修をするというのは悪手らしい。セロハンテープは一度貼ると元に戻すことができない「非可逆性」の性質を持った素材で、劣化し黄色く変色していくため、長く大切にしたい資料に使うのはご法度ということだった。読也が教科書で読んだところでは、たとえ劣化しても図書を汚損せず元に戻すことのできる「可逆性」のある素材を使うのが修復の基本らしい。セロハンテープは変色するし、ステープラーは針が錆《さ》びるので推奨させず、修復にはおもにでんぷん糊や糸といった、昔ながらの天然素材を活用するのだという。

波々壁を見ていると、彼が使用しているのもたしかにそういった素材で、積まれた段ボールの中にはほかに和紙や寒冷紗《かんれいしゃ》などが常備されていた。

「ああ、ヨミか。おはよう」

ようやくすべての糊を取り終えたらしく、読也に気づいた波々壁が顔をあげた。

「いま何時だ？」

「二時半を過ぎたところです」

「もうそんな時間か」

読也が答えると、波々壁は筆を置き、伸びをした。作業デスクの抽斗《ひきだし》からデジタルカメラを取り出して修復箇所の写真を撮ると、聖書を紙で挟んでから重しを乗せた。こうしてしばらく乾燥させるのだ。その間に、波々壁はノートに作業記録をつけた。

やがて、ぱたんとノートを閉じると、波々壁は言った。

「よし、そろそろ行くか。ヨミ、今日は外仕事だ」

ここに来てからずっと修復棟に籠《こも》り、段ボールの整理や掃除を続けていた読也は、外に行くこともあるのかと驚いた。波々壁は羽織っていた白衣を脱ぐと、代わりに外出用の黒いジャケットを着込んだ。そしてなぜか、傍らに置いてあった鉄製の鳥籠からカナリアを出して、胸ポケットに入れた。カナリアは慣れた様子で潜り込む。相変わらず、高い声でピチュピチュと囀っている。

「外に、カナリアも連れて行くんですか」

読也が訊ねると、波々壁は当然といった口調で答えた。

「散歩がてらな。役に立つこともあるかもしれないから」

修復を終えたばかりの聖書を封筒に入れ、紙袋に収めると、波々壁は離れの玄関へと歩き出した。読也もエプロンを脱ぎ、急いで追いかける。

バラの咲く庭を門へと向かって歩きながら、読也は波々壁の背に声をかけた。

「聖書を返しに行くんですか」

「ああ。歩いて十分ほどのところに、中高一貫の女子校があるだろ。この聖書を俺に預けたのは、そこに勤めるシスターなんだ。三時に約束をしている」

山手図書館の周辺には古い西洋館が多く点在している。その中に、とりわけ広い敷地を持ったカトリックの学園があった。読也も何回か前を通ったことがある。木々をあちこちに植えた——というよりは、森を切り拓《ひら》いて建物を造ったというのが適言なほど緑が深く、外からでは全貌はわからない。歴史ある女子校ということもあり心理的な敷居もきわめて高く、外界とは一線を画した世界、といった印象だ。

正門に到着すると、入ってすぐの守衛室で所定の用紙に訪問先を記入し、高校のほうにあるという事務室へ向かった。校舎の前には一・五メートルはあるマリア像が置いてあり、出入りする者たちを優しい微笑みで見つめている。

波々壁は広大な敷地を持つ学園内を迷うことなく進んでいく。

「以前にも来たことがあるんですか？」

「ああ。この学園の図書室の本を何冊か直したことがあるし、去年は図書修復師として講演もした」

「いろいろ活動されているんですね」

「うちの館長とここの学長が旧知の仲で、勝手に引き受けたんだ」

山手図書館が建てられたのは一九三〇年だが、この学園もその頃に設立されたらしい。

波々壁によるとこの学園は全寮制で、敷地の奥には生徒やシスターの生活する寮が完備されているという。公立の平凡な共学校卒の読也は、あきらかに場違いな自分が敷地内を歩いていて怒られやしないかと、妙にそわそわとしてしまった。

事務室を訪ねると、若い女性にシスターは学長室でお待ちです、と案内された。

授業中らしく、廊下はしんと静まり返っていた。読也と波々壁は学習の妨げにならないようそっと階段をのぼり、三階にあるという学長室を目指した。

「学長って、シスターが務めているんですか」

「ああ。ここの卒業生と聞いている」

言いながら波々壁が学長室の扉をノックすると、「はい」という落ち着いた声が聞こえた。

名乗ってから中に入ると、木製の大きなデスクに掛けた初老の女性が、柔和な笑顔で迎えてくれた。当たり前ではあるがシスター服を身に着けていて、無宗教の読也には新鮮に見えた。

「お預けいただいていた聖書をお返しにあがりました」

「どうもありがとうございます。どうぞ、お掛けください」

勧められるがままソファーセットに腰掛ける。波々壁は封筒から聖書を取り出した。

「こちらです。表紙の布を補修し、背表紙の補強もあわせて行いました」

聖書を受け取ると、シスターは指先で慈しむように赤い表紙を撫でた。

「ああ、本当、見違えるほど綺麗になったわ。さすが波々壁さんね。ありがとうございます」

「では、受取の確認にサインを」

シスターは差し出された用紙に署名しながら「そういえば」と思い出したように言った。

「直してもらったばかりなんですけど、じつは、また修復をお願いしたい本ができてしまって。頼めるかしら」

「もちろんです。どんな本ですか」

「普通の文庫本なんですけど、中の頁が破れてしまったんです。じつはそのとき本を持っていたのは、わたくしでして。生徒のために用意された学園の備品を壊してしまって申しわけなくて……だからこれはわたくしからの個人的な依頼になるんですが、お願いできますか」

「もちろんです、直せますよ」

実物を見てもいないのに、波々壁は請け合った。シスターは安心したように微笑む。

「ありがとうございます。すみません、いま図書室からお持ちしますので、少々お待ちいただけますか」

そう言うと、シスターは早足で学長室を出て行った。途端に波々壁が難しい表情を見せる。

「どうしたんですか。頁が破れてしまうと、直すのって大変なんですか」

てっきり依頼の文庫本について考えているのだと思ったのだが、波々壁は、読也のまるで予想していなかったことを口にした。

「このままだと、この学園で誰かが死ぬ」

「えっ……………はい？」

聞き間違いか冗談かと思ったのだが、波々壁の表情は真剣だった。

「さっきからカナリアが囀りを止めている。この校舎に入ってからだ」

言われてみれば、波々壁の胸ポケットにいるカナリアが、珍しく鳴いていない。いつも絶えず聞こえていた囀りがないことに、波々壁の不吉な予言もあいまって、読也は不安を感じた。

「カナリアが囀りを止めると人が死ぬというのは、どういう意味ですか」

波々壁は横目で読也を見た。

「ヨミは、鉱山のカナリアを知っているか」

知っている。図鑑かなにかのコラムで読んだことがあった。

「たしか、炭鉱にカナリアを連れて行く話ですよね？　カナリアは常に囀る鳥だけど、有毒ガスなんかが発生していて危険なときは警戒して鳴くのを止めるから、異常を感知することができるっていう……え、まさかここでガスが」

焦る読也を、波々壁は呆《あき》れたように見た。

「ここは炭鉱じゃない。有毒ガスなんか出るわけがないだろう」

「そ、そうですよね」

「でもこいつが異常を感知しているのは間違いない。このカナリアは有毒ガスは検知できないが、人の精神が危険に晒《さら》されているのを感じて知らせてくれるんだ。誰か……この校舎内にいる人間の心が、物語に囚《とら》われてしまっている」

心が、物語に？

有毒ガスよりも現実味のない話に、読也は絶句した。自分はからかわれているのだろうかとも考えたが、波々壁の表情はやはり、真剣そのものだ。

そういえば初めて会ったとき、波々壁が妙に物語に固執している様子だったのを思い出す。たしか、物語と現実の行き来に慣れていたほうが都合がいいというようなことも言っていた。

「ヨミは本を読んでいて、この物語には自分のことが書かれていると感動したことはないか」

大いにある。読也は何度もうなずきながら口を開いた。

「あります、あります。つい主人公に自分を重ねてしまって、どうしてこの本はこんなにおれのことがわかるんだろうだなんて思ってしまって」

「そう」

波々壁は饒舌《じょうぜつ》に語る読也の額に、びっと勢いよく人さし指を向けた。

「そういうとき、人の心は非常に危険なところにあるんだ。心が健康なときに自分と物語を重ねるのは構わない。だが、心が不安定になっているときにそうした状態になると、人は物語から戻って来られなくなってしまう。身体は現実に生きながら、心は物語に囚われてしまうんだ」

「すみません、意味がよく……」

「本のストーリーには流れがあるだろう？　人の人生にもまた、流れがある。その人にはその人の日常があるにも関わらず、物語のストーリーラインを現実が追うようになってしまうんだ」

「物語を、現実が追う？」

「普通の本一冊にはそこまで強大な力はないから、その人の行動が物語に引っ張られる程度だがな」

首を傾《かし》げる読也に、波々壁は重ねて説明した。

「心が囚われてしまうと、本来あるべきはずだったその人の物語が歪《ゆが》められ、物語と混線してしまうんだ。そうすると、大抵の場合、現実が物語に負けてしまう。人間の人生は、現在時点より先は決まっていない。対して物語は、確定のこととして最初から最後まで、すでに言葉で表現されている。確定のものに、未確定のものは勝てない。どうしても、すでに存在しているほうへ引き摺《ず》られてしまう」

「そんな人が、いま、この校舎にいるということですか」

「ああ。あくまでその人間の築いてきた生活に物語の要素が入り込むだけだから現実的にあり得ないことは起こらないんだが、それでも『現実の中で物語のストーリーラインを歩まされる』というのはかなり危険なんだ。囚われているのが暴力的な内容だったり、危険なシーンのある物語である場合は特に。そうでなかったとしても、心が囚われたまま物語が終盤まで進んでしまえば、人は気力を使い果たし、衰弱して死ぬ」

先ほど波々壁が、このままだとこの学園で誰かが死ぬと言った意味がようやくわかった。

だが、本当にそんなことが起こり得るのだろうか。

突拍子もない話に、信じられない思いのまま訊ねる。

「どうすれば助けられるんですか」

「まずは囚われているのが誰なのか、特定する必要がある」

この建物内にいるであろう数百人規模の生徒・教師の中から、いったいどうやってひとりを捜しだすのかと訊ねようとしたところで、シスターが戻った。会話が一時中断される。

「お待たせしました。こちらがその文庫なのですが」

「あ……」

シスターが差し出してきたのは、なんと芥川龍之介の『蜜柑・尾生の信』だった。今日、大学図書館で千都生と奪い合った本だ。大学図書館にあったものと同じ出版社・同じ版の文庫だったが、こちらは先ほど説明された通り、頁がひどく破れている。

「直りますでしょうか。ずいぶんと古い文庫なんですが」

「ええ、大丈夫です。文庫は携帯するにはいいですが、長期保存には向いてないんですよ。こんなになるまで読み継がれてきたというのは、この本にとっても本望でしょう。ですが、頁を修復して全体を補強すれば、まだ実用に耐えますよ。——ところで、つかぬことをお伺いしますが」

波々壁はシスターの目を覗き込むようにして訊ねた。

「最近、この学園で様子の変わった生徒や職員はいませんか」

「様子の？」

唐突な質問だったが、生真面目そうなシスターは右手を頬に当てて真剣に考え込んだ。様子の変わった、というのはずいぶん曖昧な表現だし、全生徒を毎日完璧に観察しているわけでもないだろうから、答えは返ってくるまいと読也は思ったのだが。

「じつは、気にかかっている子がいるんです。高校の生徒会長を務めている前島《まえじま》美咲《みさき》という子です。三年生なんですが、文武両道で性格も明るく、皆から慕われている優等生です。ですが二週間ほど前から、どこか表情に影があるような気がして。一度、なにかお悩みがあるなら相談に乗りますよとお声がけはしたのですが、大丈夫ですと言うだけなんです」

「シスターから見て、その子が塞ぎ込んでしまうようなお心当たりはないのですね？」

「ええ。ですが難しい年頃ですから、周囲が見て簡単にわかるような悩みではないのかもしれません」

シスターは眉根を寄せ、ため息を吐《つ》いた。本気で心配しているのだ。

「よろしければ、俺が少し話をしてみましょうか」

波々壁の提案に、シスターは驚いたようだ。

「波々壁さんが、前島さんに、ですか」

「俺ができるのは話を聞くことくらいですが、話すだけで気が楽になることもあります。先生に相談するのは難しくても、まったく関係のない他人になら、意外と話せることもあるものですよ。こっちのヨミは大学二年で歳も近いですから、多少は気持ちをわかってあげられるかもしれません」

「いえ、しかし……」

シスターはしばし躊躇《ためら》っていたが、やがて「それではお願いできますか」と頭を下げた。シスターは、前島美咲は学園関係者には本音を言わないだろうと考えているようだった。「身元の確かな部外者」である波々壁を、相談相手としてちょうどいいと思ったのかもしれない。

「前島さんと直接会話する前に、様子を客観的に知るため、彼女に身近な生徒から話を聞きたいのですが」

「それでしたら、同じクラスで部活も一緒にやっている田辺由芽子《たなべゆめこ》さんが適任かと」

いち生徒の友人の名がするりと出てくるあたり、このシスターは相当に熱心な教育者なのだな、と読也は感じた。普通は、そこまで把握しているのは担任くらいだろう。

「三時半には授業が終わりますから、空き教室でお話を聞いていただけますか」

「ええ、お任せください」

波々壁はうなずいて立ち上がった。

＊

放課後、空き教室にやってきた田辺由芽子は、高校三年生にしては幼く見える少女だった。天然パーマの髪を左右で二つに括《くく》っているのが、見た目の幼さに拍車をかけている。向かい合わせに置いた机に掛けると、由芽子は物珍しそうに波々壁と読也を見た。

「シスターに言われて来たのですが……あの、訊《き》きたいことってなんでしょうか」

「前島美咲さんのことを。最近、元気がないようだとシスターから聞いてね」

由芽子はぱっと顔をあげた。期待のまなざしで波々壁を見る。

「もしかして、カウンセラーの先生ですか」

「いや、俺は修復師だ」

シュウフクシ、と言われた由芽子はとっさに漢字変換できなかったらしく、首を傾けた。だが、すぐに思い出したようだ。

「あ、去年、講演をされてた先生」

「先生ではない」

波々壁はさらりとことわってから続ける。

「それで、友人のきみから見ても、最近の前島さんの様子はおかしいのかな」

「おかしいと断言できるほど、前島さんは自身の異変を表に出していません。でも、わたしも心配しているんです。前島さんはいつも元気で笑顔の明るい子なんですけど、最近はときどき、思い詰めたような顔をするときがあって」

「最近というのは、いつ頃から？」

「二週間くらい前です。その前日まではいつも通りだったと思うんですが、ある日から急に。身体の具合が悪いのかなとも思ったんですが、そうではないようでした。前島さんは生徒会長も合唱部の部長もやっているのでいつも忙しそうに動き回っているんですが、ぼんやりと外を眺めることも増えて……」

ひと晩のうちにすっかり様子が変わってしまったという優等生。その晩になにかあったのではないかと、読也は思った。

「前島さんは、学園内でどんな存在だった？」

波々壁の質問に、由芽子は迷うことなくはっきりと答えた。

「皆の憧れです。勉強だけじゃなくて運動もできるし、人望もあるから、生徒会長とか合唱部の部長とか、責任のある仕事を任されることも多いです。本当になんでもできる人で、前島さんにできないことってないんじゃないかなと思うくらい。美人だし、皆に分け隔てなく優しいし」

「例えば、前島さんを嫌っている人は？」

「いないと思います」

やけにきっぱりと言うので、読也は少し気になって訊ねてみた。

「嫌われてはなくても、それだけ完璧な人なら、嫉妬を買うこともあったりしませんか」

「いえ、前島さんは完璧すぎて、嫉妬するのも馬鹿らしい気持ちになりますから。お会いすればすぐにわかりますよ」

そういうものなのだろうか。読也に女子高生の気持ちはわからないが、由芽子の言う通り、美咲に会ってみれば理解できるのかもしれない。

波々壁が確認する。

「彼女が塞いでいる理由に、具体的な心当たりはないんだね？」

「はい。相談してくれればいいのに、なんでもないからって」

由芽子は俯《うつむ》いた。心から前島美咲を慕っているようだ。波々壁は由芽子を見つめた。

「友人だからこそ言えないこともあるだろう。前島さんのことは、一時、こちらに任せてくれないか」

こくりとうなずいて由芽子は言った。

「シスターがお任せした方ですから、わたしも信じます。よろしくお願いします」

くるくるの髪に飾られた小さな頭を下げる。

波々壁と読也は、実際に前島美咲と会うため、由芽子から生徒会室の場所を教えてもらい、教室をあとにした。

「前島美咲は、ずいぶんと周囲の信頼を得ているんだな」

「聞いた限りでは、絵に描いたような優等生ですね。でも、シスターだけでなくクラスメイトも異変を感じ取っているんですから、彼女になにかが起きているのは間違いなさそうですね」

「ああ」

生徒会室を訪ねると、副会長、書記、会計の三人がいた。だが、肝心の前島美咲は不在だった。

ここでも波々壁は、最近の美咲の様子について訊いた。

「そう言われれば、たしかにちょっと覇気がない感じではあります。気のせいかと思っていたんですが、シスターもご心配されているということは、私の勘違いではなかったんですね」

黒縁の眼鏡を押さえながら副会長が答える。彼女は三年生で、美咲と同級だがクラスは異なるという。

「原因に心当たりは?」

「ありません。前島さんは、たとえ悩みがあったとしても、適切な解決方法を自分で考えて、必要ならば適切な相手に自分から相談できるような人です」

副会長は慎重に考えながら言う。

「だから、もしかしたら彼女の元気をなくしているのは、彼女自身の悩みとは限らないかもしれません」

「それは、どういう意味だ？」

「うまく言えないのですが……前島さんが二週間も同じ状態で悩み続けているということは、そもそもがどうにかできるようなことではないんじゃないかと」

おさげ髪をした会計の子も同意した。

「たしかにそんな気がする。例えばペットが死んじゃったとか、大切な食器を割っちゃったとか。もう、いまからではどうしようもないことに心を痛めているのかも」

「どうしようもないこと……」

読也がつぶやくと、副会長は念を押すように言った。

「あくまで、私の印象ですよ」

「いや、参考になったよ。ありがとう」

波々壁と読也は、前島美咲の居場所を聞いた。彼女はこの時間、音楽練習室で発声の練習をしているという。場所を聞き、生徒会室を出る。

廊下を歩きながら読也は訊ねた。

「こうやって話を聞いて回るのって、なにか意味があるんですか」

「そういえば説明が途中になっていたな。この校舎の中には、物語に囚われている人間がいる。カナリアの反応から、これは間違いない。問題は囚われているのが誰なのかだが、この学園の教師・生徒をもっとも把握しているシスターによれば、最近様子がおかしいのは前島美咲だ。生徒に聞いても、前島美咲は元気がないというから、彼女が物語に囚われた人物なのだろう。だから俺は、探しているんだ。彼女がいったい何の物語に囚われているのか、ヒントになる事実を」

一歩先を歩いていた波々壁は、振り返って読也を見た。

「物語に囚われた人間を救う方法はすでに確立されている。その人物が囚われている物語の正体を、当てればいいんだ」

「正体を当てる……というのは、題名を当てるということですか」

「ああ」

たったそれだけでいいのかと、読也は少々拍子抜けした。

「未完のものも存在はしているが、物語というのは大抵が完結している。全体ができているんだ。だからそこに付いた題名は、物語の芯になる。名は体を表すというだろう？　名を摑むことができれば、全体を摑んだのと同じだ」

波々壁は廊下の窓から曇り空を見上げた。

「物語に囚われた人間は、脳の中の思考を司《つかさど》る部分を、あの雲のような薄暗い靄《もや》に支配されている状態らしい。表面上はいつも通りの生活を送ることができていても、現実を明瞭に認識することができず、ぼんやりとすることが多いと聞く。その状態に陥っていることさえ認識が難しいから、本人に自分が物語に囚われているという自覚はない」

「そうやって聞くと、夢の中にいるみたいですね」

「そうだな。だが、夢のように身体が眠っていて動かなければいいんだが、物語に囚われている場合は動けてしまうから厄介なんだ」

「その間の記憶って、残っているんですか」

「スイスで俺の師匠が救い出した男は、覚えていると言っていた。だがそれも、見ていた夢を思い出すような儚《はかな》さらしい」

「波々壁主任の師匠は、その人が囚われた物語の題名を当てることができたんですね」

「物語の知識を相当に持っている人だったからな。題名を他者から指摘されれば、本人はこれは物語なのだと気づくことができる。物語から解放されたあとはしばらく意識を失うが、やがて目覚めて元通りになる。大切なのは、物語が終盤を迎える前にタイトルを指摘することだ。囚われた物語が進めば進むほど、その人の衰弱も進んでしまうから」

「衰弱が進むと、亡くなってしまうこともあるんですよね」

波々壁はうなずいた。

「しかし実際、物語の初期の段階でタイトルを当てるのは難しい。囚われた人物の様子を観察して推測することしか題名を当てる方法はないが、初期段階ではほとんどヒントがない」

「初期だと助ける難度が高いけど、その人への負担は少ない。終盤になるとヒントを多く得られるから正体を当てやすいけど、負担が大きい、と。派手な特徴のある物語ならいいですけど、例えば普通の人間の生活を穏やかに描いたようなものに囚われていたら、かなり難しいですね」

「ああ。ヨミは物語を読むのが好きだと言っていたな。物語の正体を当てるには、この世にどんな物語が存在するのか、知識のある人間のほうが都合がいいんだ。けれども俺は近頃、物語を読むということをまったくしていない」

「えっ」

図書修復師が物語を読まないというのは意外だ。だが、考えてみれば本という物質を直すのに、中身を読むことは必須ではないのかもしれない。

「だから修復棟にアルバイトを入れてもらえるという話になったとき、斎田さんに読書家の人間を採用するようにと頼んでいたんだ。やってきたのがヨミだ」

「そうだったんですか……」

自分で役に立つことができるのか、読也には自信がなかった。それに、波々壁の話に対しても、いまもって半信半疑である。

だが、女子高生がひとり死の危険に晒されていると言われてしまえば、無視するわけにもいかない。

しばし考えてから、読也は言った。

「前島さんが囚われているとしたら、現代日本の物語、ですよね？」

「どうしてそう思う」

「彼女が現代日本に生きる人だからです。さすがに、例えば昔話に引っ張られるなんてことはないでしょう？」

例えば、現代日本に戦争はない。彼女が戦争を描いた物語に引っ張られ、命を失うかもしれないといった心配は起きないはずだ。

だが波々壁は首を横に振った。

「そうじゃないんだ。人生の未来の物語は決まっていないから、確定した物語に負けてしまう。だけど、人の物語も、過去は確定されている。そこまでは物語も干渉することはできない。だから物語から現実に持ち込まれるのは、『要素』だけなんだよ」

波々壁は右手の人さし指をピンと立てた。

「例えばヨミが『桃太郎』に心を囚われ、『敵である鬼を、主人公が倒しに行く』という物語の要素がヨミの人生に持ち込まれたとする。この要素が現実的に起こり得る範囲でヨミの人生に影響を与えると、そうだな、ヨミは以前より敵対心を抱いていた相手に攻撃を仕掛けるようになったりする」

「攻撃って……。もし嫌いなやつがいたとしても、おれはそんなことしませんよ。まず距離を取って関わらないようにすると思いますし」

「普通の精神状態のヨミなら、そうするんだろう。でも、物語に囚われると、自分の言動を自分でコントロールすることが難しくなる。囚われる物語に、時代や場所は関係ないんだ」

「そうなると、かなり難しくないですか。題名を当てるだけだから簡単だって」

「題名を当てるだけとは言ったが、簡単だとはひと言も言っていない」

たしかにそうだった。物語の題名を当てると聞いて、「たったそれだけ」と勝手に解釈したのは、読也だ。

それにしても、と波々壁はまじまじと読也を見る。

「どうしました?」

「きみは、こんな話を簡単に信じるんだな」

「え、冗談だったんですか」

「いや、残念ながら本当だ。でも俺はスイスの修業時代に師匠からこの話を聞かされたとき、はじめは信じられなかった。普通そうだろ。物語に人が囚われるという現象を知っているのは一部の司書や研究者、修復師くらいだ。こんな一般的でない話をすぐに信じるヨミは、「変わっている」と評されていることを知らない。変わっている人間から「ちょっと変わっている」と言われるということは、自分は普通なのだろうと、読也は心の中で勝手に断じた。

「思えば初めて会ったときも、俺は『カナリアを仕事で使う』とか『物語と現実の行き来に慣れていたほうが都合がいい』とか、説明が面倒で詳細を省いたのに、ヨミは受け入れるような顔をして質問してこなかった。あれも不思議だった」

まるでこちらがおかしいというような前提で話が進んでいくので、読也は慌てて弁明した。

「業務上必要なことなら、後々教えてくださると思ったんです。必要な場面なのにわからないという状況だったら、さすがにその場で訊いていましたよ」

それに、あのとき波々壁はあきらかに億劫《おっくう》そうな顔をしていたのだ。これ以上の説明をするつもりはないといった意思がありありと顔に出ており、訊くのが憚《はばか》られた。読也はそういった、人が言葉にしない心の機微を表情や言動から捉えるのは得意なほうだった。

「やっぱりヨミは変わっている」

波々壁は真顔でしみじみと言った。この人はそういったことは苦手そうだなと、読也は内心で苦笑した。

「それで、カナリアが物語に囚われた人物の存在を感知するのに役立つというのはわかりましたが、『物語と現実の行き来に慣れていたほうが都合がいい』というのは結局どういうことなんですか」

「そのままの意味だ。物語に集中しているというのは、いわば心が物語の中に入り込んでいる状態だ。『物語に囚われている』というのは、心が入り込んだまま抜け出せなくなっている状態をさす。この状態には、普段はあまり物語に触れず、不幸にも偶然読んだものに深く感銘を受けてしまったときに起こりやすい。物語を多く読むということは、心が物語に入り込んだり、本を閉じて現実に戻ったりという行き来をそれだけ多くこなしているということだ。この訓練がされているほど、物語に囚われる可能性は低くなる。ヨミはよく物語を読んでいると聞いたから、この仕事をやるのに都合がいいと言ったんだ」

「発言の意味はわかりました。けれどこれって、図書修復師の業務なんですか」

「ルイス・アンビュールは、人の智と想像力の素晴らしさを伝えるためにスイスから日本に渡り、山手図書館をつくったんだ。物語は本来、人を喜ばせ、楽しませて癒《いや》す、尊いものだ。だが、わずかなボタンの掛け違いで人を死に導くものに変わってしまう。俺の師匠は、人と物語の関係性を修復するのも修復師の仕事だと言っていた。だから俺もそれに倣《なら》っている」

　この修復師が直すのは、図書だけではないらしい。読也は理解したことを示すためにうなずいた。

「それに、人が死ぬとわかっていて見て見ぬふりをするというのは、精神衛生上よくない」

　それは先ほど、読也も思ったことだった。

　無表情でぶっきらぼうな印象を受けるが、波々壁という男はそこまでドライなわけでもないらしい。

「前島さんは、聞いた話だと、ひと晩の間になにかがあったような印象を受けたのですが」

「田辺由芽子の話だな。前日まではいつも通りだったのに、ある日を境に急な変化があったと」

「夜の間になにかがあって、時折暗い表情を見せるようになるような内容の物語――ってことですよね。曖昧すぎませんか」

「それでいて、本人自身ではどうにもできない問題が生まれている話。生徒会副会長の印象によれば、だが」

「主任、なにか思いつきます？」

「いや、これだけではさすがに絞り込めないだろうな。前島美咲がもっと周囲に頼る性格だったら簡単だったんだが」

「おれ、ちょっと思ったんですけど……前島さんって、たぶん、友だちがいないんじゃないでしょうか」

波々壁はわかりやすく疑問の表情を浮かべた。

「田辺由芽子は友人だと、シスターが言っていただろ？　生徒会の面々とも問題なくやっていたようだし」

読也は目を伏せて首を横へ振った。

「言い方が難しいんですが。たしかに前島さんは周囲からの絶大な支持を得る優等生で、良好な関係をつくってはいるんでしょう。でも一目置かれる特別な存在になってしまっているせいで、悩みを相談したり弱みを見せたりできる相手はいないんじゃないかと思うんです」

考えてもみなかったというように、波々壁は目を瞬いた。

「なるほど。皆に憧れられるような人気者でも、真に友人と呼べる存在がいないこともあるんだな」

まるで波々壁にも友人がいなさそうな口振りだったが、読也はそこに触れるのは止《や》めた。

「だから、周りからは確信的な証言は得られないんじゃないかと。本人に接触するのが一番だと思います」

「なら、ここで話し合っていないで、やはりさっさと音楽練習室に向かうべきだな」

＊

荘厳なメロディーが漏れ聞こえてくる。

波々壁と読也が音楽練習室の扉についている小窓から中を覗くと、部屋の中央でひとりの少女が歌っているのが見えた。

やわらかな声を自在に操り歌う前島美咲は、栗色の美しい髪と強いまなざしをもった、どこか人を惹きつける魅力のある少女だった。

波々壁の話によるなら、彼女はいま、物語に心を囚われ、夢の中を生きているような状態であるはずだ。だが見た目からは、そんな様子は微塵《みじん》も感じられなかった。

歌っている曲は、読也にもわかった。有名な、シューベルトのアヴェ・マリアだ。

読也は、入口にマリア像を飾っているこの学園によく似合う曲だと思ったのだが、
波々壁は首を傾げて不審そうにつぶやいた。

「エレンの歌第三番……まあ、歌ってはいけないわけではないが」

エレンの歌とはなにかと訊くと、シューベルトのアヴェ・マリアは呼称で、正式な

曲名はエレンの歌第三番なのだという答えが返ってきた。

「この曲、なにかおかしいんですか」

「いや、カトリック校の合唱部だから、勝手に聖歌を歌っているものだと思っていただけだ。この曲は『アヴェ・マリア』という歌詞があまりにも有名なせいでよく誤解されるが、宗教曲ではない」

「そうなんですか」

そう言われると、キリスト教色の強い建物の中、修道服を模したような紺色のジャケットワンピースの制服を着て、宗教曲のようでいて宗教曲ではない歌を歌っているというのはじつにちぐはぐだ。

歌はいつまでも止まなかった。ずっと部屋の外から覗いていても仕方がないので、読也は美咲に聞こえるように強くノックした。人がいることに気づいた美咲が、「はい」と返事をしながらこちらを見る。

「失礼、練習中にすまない」

波々壁が中に入り、読也も続く。

前島美咲がこちらを見た。警戒の様子はない。いきなり部屋に入って来た見知らぬ男たちにも動じず、じっと視線を送ってくる。

「俺は山手図書館の修復師、波々壁だ。こっちはヨミ。シスターの紹介で訪ねてきた。

きみが、生徒会長の前島美咲さんだね？」

　美咲は表情を動かさなかった。

「そうです。わたしに御用のある方がいらっしゃるというのは、シスターから伺っております。どういったご用件なのでしょうか」

　落ち着いた声だった。物怖じせず、堂々と話す前島美咲の姿は、思わず感心するほどだった。皆が憧れるしっかり者だという評や、「会えばわかる」と言った田辺由芽子の言葉の意味を、読也は理解した。

　波々壁が口を開く。

「単刀直入に言う。皆が、最近のきみの様子を心配している。俺はその解決を頼まれた」

「はい？」

　読也と初めて会ったときもそうだったが、波々壁はなんでもかんでも唐突で、説明がなさすぎる。読也は慌てて二人の間に入った。

「あの、おれたち、今日はシスターさんのご依頼で、修復した本を届けにきたんです。話の流れで生徒会長の前島さんの元気がないというのを聞いて、もしおれたちにできることがあれば協力したいなと思って」

　フォローしようとしたのだが、結果的に口から出た内容が波々壁と大差ないことに気づき、読也は自分に呆れた。どうやって話を進めようかと思案していると、美咲から意外な反応があった。

「心配というのは、シスターがおっしゃったんですか」

こちらの様子を探るような表情に、読也はぴんと来るものがあった。

「そうです。でも、あなたの変化に気づいたのはシスターだけではありません。ご友人の田辺由芽子さんも、生徒会の皆さんも、前島さんのことを心配していますよ」

「皆が……」

読也は美咲にそっと近づいた。

「あなたひとりでは手に余る、でも周囲にも相談できない困りごとがあるのではないですか。その解決を、おれたちにも手伝わせてください。相談内容は、シスターにも言いませんから」

美咲ははっとした表情を見せた。

「………………お気づきなんですね。わたしが、シスターのことで悩んでいるのを」

波々壁が目で説明を求めてくる。だが読也はそっと首を振った。具体的なことはわからない。読也はただ、美咲の言動からシスターが悩みに関わっているのかもしれないと考え、かまをかけただけなのだ。

美咲は目を伏せた。

「シスターはわたしを心配してくださっているということですが、逆なんです。わたしが、シスターを心配しているんです」

「それは、どういうことだ？」

波々壁の質問に、美咲はしばし答えるのを躊躇った。ややあと、小さな声で言う。

「ご協力いただけるという言葉に甘えて、お願いがあります。夜、もう一度この学園へ来ていただけますか。一緒に見ていただきたいものがあるんです」

「それは構わないが、なにを見せる気だ？」

「すみません。なにも訊かず、先入観のない状態で見ていただきたいんです」

美咲は真剣な目で波々壁を見た。その懸命さが、波々壁の首を縦に振らせた。

「わかった」

「よろしくお願いします」

美咲は深々と頭を下げた。

その姿を、読也は黙って見つめていた。

なにかがおかしい。

シスターは美咲を心配し、美咲はシスターを心配している。一見、お互いを思い遣《や》った良い関係に思えるが、二人の言い分ははっきり矛盾している。

美咲もシスターも、様子がおかしいのは自分ではなく、相手だと主張しているのだから。

＊

同日の夜。

美咲の手引きで学園の敷地内に入った二人は、彼女の寮の部屋に身を隠していた。わかってはいたが、学園側からすれば読也たちは不法侵入である。忍び込んでいることが知られたら、二人は通報されるだろう。あらかじめシスターに許可を取ることができればよかったのだが、美咲の悩みの対象がシスターである以上、それは無理だ。二人には、こっそりと忍び込むよりほか方法はなかった。

時刻は夜十時をとうに過ぎており、部屋は消灯している。窓に掛かったカーテンの隙間から、読也たちは交代で外の様子を観察していた。外に光が漏れない、小さなランプの灯りを囲って、三人はそのときが来るのを待った。

しんと静かな夜だった。なにも起きないまま十一時を過ぎ、やがて午前零時が近くなった。だが、外には闇深い森が見えるだけで、一向に変化はない。

「なにも起きないし、誰も来ないな」

波々壁が言った。美咲からの依頼というのは、深夜に出没するローブの女性を一緒に追いかけて欲しいというものだった。

「今日は来ないんでしょうか」

読也もそう言うと、美咲が不安げな顔をしたので、安心させるように笑いかける。

「大丈夫。もし今夜なにも起きなくても、また来ますから」

「ありがとうございます」

美咲がほっとした顔を見せたときだった。

「おい、静かに。誰か来た」

外を見つめていた波々壁が早口で囁《ささや》いた。読也と美咲は口を噤《つぐ》み、瞳だけを窓に遣った。

霧が立つような湿気の多い梅雨の暗闇に、黒のローブが突如として現れた。美咲の言っていた通り女性のようだが、顔は隠れていて見えない。

「あ、あの方です。寮の脇を通って、森の奥へ向かうんです。わたしが追いかけたのは二週間前なんですが、その、自分の目で見たものが、自分でも信じられなくて……というよりは、見間違いだったと信じたいんです」

「とにかく追いかけよう。三人で見れば、目に映ったものが紛《まご》うことなき事実だ。ヨミ、靴はあるな？」

「はい、大丈夫です」

ローブが充分に遠ざかってからカーテンを引き、そっと窓を開けた。湿った土の匂いが流れ込んでくる。窓枠に腰掛け、持ち込んでいた靴を履いて地面に降りる。ランプを持つが、灯りは目立つので消した。朧《おぼろ》げだが月が出ており、なんとか前は視認できる。三人は顔を見合わせ、ローブの影を追った。

森の中は迷わずに進むことができた。美咲が、一度ここを通ったことがあるというのが大きい。ローブの女性に気づかれないことを優先して距離を取ったため二、三度見失ったが、そのたび美咲の案内で道を進み、難なく追いつくことができた。

やがて草木の開けたところが現れた。その中央に白木で造られた宮が置いてある。宮の木の肌は白く、まだ新しい。宮には垂木や千木があり、日本風のデザインが凝らされている。

カトリックを伝えるこの学園で、修道服を模したような紺色のジャケットワンピースの制服を身につけ、宗教曲のようでいて宗教曲ではない歌を歌っていた美咲。その彼女の姿に感じたのと同じ種類の違和を、読也は宮からも感じとった。

ローブの女性は袂から小さな鍵を取り出し、宮を開いた。中に、黒い色の木を彫ってつくられた、三十センチほどの立像が見える。

マリア観音像だった。

その禍々《まがまが》しさに、読也は言葉を失った。読也には宗教の知識はない。だが、あれが異様なのははっきりとわかる。マリア様というのは、もっと穏やかに微笑《ほほえ》んでいる存在ではなかったか。あんなに強い念のこもったマリア観音像を、読也は寡聞にして知らない。

「やっぱり、見間違いじゃなかった……あれは」

美咲が言いかけたとき、女性が自身の頭部を覆っていたローブを取り払った。

ローブの下にあった顔。それは、美咲が懸念していた通り、シスターのものだった。

見間違いだと信じたいと言っていた美咲の願いは、儚くも崩れ去った。

「シスター！」

美咲は叫ぶや否や、止める間もなく草陰から飛び出し、宮の中に置かれた観音像へ突進した。だが美咲が像に手を掛けようとしたところで、横からローブが伸びてくる。

美咲とシスターは、マリア観音像を取り合った。

「前島さん、邪魔は許しません」

「いいえ、シスター。これは壊すべきです！」

読也にはわけがわからなかった。これはいったいどういう状況なのか。

困り果てて波々壁を見る。彼は状況を観察しながらなにかを考えていたようだが、すぐに一歩踏み出した。

「ヨミ、とりあえず彼女たちを止めるぞ」

「はい」

二人で飛び出し、読也が美咲を、波々壁がシスターを羽交い締めにする。押さえられた美咲はすぐに冷静さを取り戻したため、読也は彼女を離した。だがシスターは激しく暴れ続けた。

「波々壁さん、離してください！　どうしてここにいらっしゃるの」

暴れた拍子に、シスターの手にあったマリア観音像が落ちる。シスターは波々壁の腕から逃れようとますます必死になったが、身体の小さな老女に若い男を退ける力はない。業を煮やしたシスターは、羽交い締めにされたまま地面に転がるマリア観音像に向かって叫んだ。

「童貞聖麻利耶《ビルゼンサンタマリア》様、あなた様のようにとは申しあげません。どうかわたくしの可能な範囲で、わたくしを世の役に立つ人間にしてくださいまし」

マリア観音像が微笑したように見えた。

「くそっ」

波々壁は珍しく焦った様子でシスターを見た。だがすぐに確信したような表情を浮かべ、物語の正体を指摘する。

「シスター、あなたはその心を物語に囚われている。その正体は、『黒衣聖母《こくいせいぼ》』だ」

読也は目を瞠《みは》った。『黒衣聖母』は図書館で千都生と取り合い、シスターに文庫の修復を依頼された、芥川龍之介の『蜜柑・尾生の信』に入っている一篇だった。

そのタイトルを口にされた瞬間、シスターは意識を失った。波々壁の腕の中で、小さな身体がだらりと力を失う。

「シスター！　大丈夫ですか」

美咲が慌てて駆け寄る。だが、シスターの身体はぴくりとも動かない。まぶたはきつく閉じられ、頬の赤みが失われていく。

「シスター！」

美咲は何度も叫んだ。だがどんなに美咲が揺り動かしても、シスターの目が再び開くことはなかった。

さわさわと、風に夜の森が揺れる。

重苦しいほどの静寂があたりを包んでいた。読也は喉をごくりと鳴らしてから、こわごわと口を開いた。

「な、亡くなってしまったんですか」

おそるおそるの問いに、波々壁は瞑目《めいもく》して答えた。

「正体を暴くのが遅すぎた。『老女が童貞聖麻利耶に願いをかける』というのは、『黒衣聖母』の中でも終盤のシーンだ。老いて体力のないシスターの身体では、物語の負荷に耐えられなかったんだ」

読也は信じられない気持ちで立ち尽くした。先ほどまでシスターは動いていた。それなのに、その命がじつにあっけなく、瞬く間に失われてしまった。生と死の境を、人はこんなにも容易《たやす》く越えてしまうものなのか。

美咲はシスターの身体を抱え、声を出さずに大粒の涙を流している。読也は放心してその様子を見つめながら、なんとか疑問を口にした。

「物語に囚われていたのは前島さんだったはずじゃ……二人の言い分に違和感はありましたけど……どうしてシスターが」

「自分を無力と感じている人間は、どうにかして人の役に立とうとする。多くの役割を引き受け、皆に一目置かれる存在になろうと努力を続けていた前島さんがそうだ。そして、この学園のことを一身に引き受け、生徒からも教師からも頼りにされていたシスターもまた、同種の人間だった。二人はよく似ていた」

波々壁は悔しそうに続ける。

「音楽練習室で前島さんに会ったときに、彼女がなにを見たのかをやはりちゃんと聞き出すべきだった。彼女ははっきりと、シスターのことを気にしていたんだから。違う方法で調べていれば、夜まで待たずとも、囚われているのはシスターで、その正体は『黒衣聖母』であると突き止められていたかもしれない。俺はやり方を間違えたんだ」

読也はなにも言えなかった。美咲が見たのは、シスターがマリア観音像に祈る姿だ。

はたしてそれだけで『黒衣聖母』だと暴けただろうか。どんな方法で調べたとしても、おそらくそこまでは辿り着けなかったのではないかと思う。

波々壁は美咲に近づいた。

「きみは二週間前の夜も、シスターがこのマリア観音像に祈る姿を目撃してしまったんだな？」

「はい。この黒いマリア様に、一心不乱に祈っている姿を。白木の宮は明らかにほかの宗教色が混じったデザインですし、黒いマリア様も凄味のある表情で微笑んでいて、一見して正道のものではないとわかりました。厳格なカトリック校であるこの学園の敷地内にこのようなものが存在することすら不気味なのに、学園長であるシスターが祈りを捧げているなんて。見たものが信じられなくて、夜だったから誰かを見間違えたんだとか、夢を見ていたんじゃないかって、ずっと自分に言い聞かせていたんです。こんなこと、シスター本人にはもちろん、ほかの教師や生徒にだって相談できないし」

美咲は顔をあげて波々壁を見た。

「シスターは長年にわたり清廉に過ごされた方です。それがなぜこんなことになったのですか。なぜシスターは亡くならねばならなかったのですか」

「シスターは物語に心を囚われ、『黒衣聖母』のストーリーを歩まされていたんだ。あくまで彼女の現実の中で、だが」

「どういうことですか」

「心が弱っているとき、その弱さに寄り添う物語に出会うことがある。大抵の場合、物語は傷を癒し、励まし、人に力を与える。だがどうしようもないほど心が衰弱していると『自分』の軸がきわめて脆《もろ》くなり、物語の筋に引き込まれてしまうんだ。きみは、優等生として周囲から期待されることに息苦しさを覚えたことはないか」

美咲の瞳が揺れた。

「シスターはきみの何倍も生きてきた。きみと同じ、あるいはそれ以上に周囲から頼られてきた。長年にわたり生徒や教師を導き、清廉な存在であることを要求され続けてきたシスターの苦しみは、程度こそ比較できないだろうが、その期間の長さだけ見ても、きみの数倍だ」

「それは………つらかったでしょうね」

「だから彼女は無意識に『自分』を放り出し、物語に逃げ込んだんだ。その物語の筋は今日、終盤を迎えた。シスターは物語に囚われたまま、彼女自身の物語も終えてしまったんだ」

美咲はまたひと粒、静かに涙を流した。

波々壁は、「作中に登場する像の台座には、『DESINE FATA DEUM FLECTI SPERARE PRECANDO…』と書かれていたらしい」と言いながら、マリア観音像を拾い上げた。

「ここにも、同じ文句が書かれている。黒いマリア観音像に、童貞聖麻利耶という台詞、この文句。やはり『黒衣聖母』で間違いないな」

読也は首を傾げて訊いた。

「その言葉は、どういう意味なんですか」

「汝《なんじ》の祈禱《きとう》、神々の定め給ふ所を動かすべしと望む勿《なか》れ、だ」

「え？」

波々壁に代わり、美咲が言う。

「神々の定めたことを変えようと願うな、といった意味です。やはりシスターは、道を外されようとしていたんですね」

人間が神たちの御心《みこころ》にあることを否定してはいけない、ということだろうか。

「すみません、おれには知識がないので、シスターがマリア観音像に祈るのは普通のことに思えるんですが。なぜ彼女が道を踏み外そうとしていると？　白木の宮や黒いマリア観音像が正道のものではないからですか」

美咲は悲しげな目で遠くの校舎を眺めた。

「先ほども申しあげた通り、ここは厳格なカトリックの学園です。キリスト教は一神教ですから、ここの学長をされているシスターが神々と書かれた像に祈るというのは、明らかにおかしいんです」

読也は、波々壁の手中にある像を見た。

これは、得体のしれないマリア観音像なのだ。

読也にはその微笑みが、ますます不気味なものに見えた。

やがて美咲の涙が完全に止まると、波々壁は首を左右に傾けて伸びをした。

「さて。俺たちはそろそろ帰る。きみは職員にシスターの死を知らせてくれ。寮に戻ればひとりは当直がいるだろう」

「はい。大丈夫です」

「それから、俺たちがここに来ていたことは内密に」

「わかっています。手引きしたことが知られたらわたしもまずいですから。絶対に言いません」

涙の痕を残したままの顔で苦笑してから、美咲はふと真顔に戻り、読也たちに向かって頭を下げた。

「わたし、お二人に謝らねばいけません」

「え？」

読也には、何のことだかわからなかった。

「草陰から飛び出したとき、本当はわたし、あのマリア観音像を壊そうとしていたんです。二週間ずっと考えて、あの怪しげな像に祈るシスターを止めるには、壊してしまうしかないと考えたからです」

美咲がなにについて謝っているのか、読也は理解できずにいた。だが波々壁は気づいたようで、呆れたような声を出した。

「この学園は閉じられていて部外者は滅多に来ないから、好機だと思ったのか」

美咲はこくんとうなずいた。

「え、え、どういうことですか」

事情を理解できない読也は、波々壁と美咲を交互に見た。言いにくそうにしている美咲に代わり、波々壁が口を開く。

「彼女は、俺たちに『相談』したわけじゃない。協力すると言ったのを利用したんだ。大方、部外者の俺たちに指示されて仕方なくマリア観音像を壊したことにでもしようとしたんだろう。俺たちに依頼したのはシスターだから、壊されても強くは言えまいと考えたんだ」

美咲は小さな声で、しかしはっきりと「申しわけございませんでした」と謝る。

読也は脱力した。自分たちはこの少女に頼られていたわけではなく、ただ使われていたのだ。どうりで、思春期の少女が突然現れた男二人にすんなりと相談を持ちかけたわけだ。

だが、読也は安堵《あんど》していた。前島美咲は、読也が考えていたよりもずっと強《したた》かだ。

「謝る必要なんてないですよ。あなたのことは、皆から聞いていましたから」

「皆？」

「田辺さんも生徒会の皆さんも、あなたにできないことはない、自分の悩みは自分で解決できる人間だって。おれはシスターのことで前島さんが深く傷ついてしまったのではないかと心配に思っていたんですけど、それも杞憂《きゆう》ですね。前島さんなら傷も自分で癒やせる。シスターのように、物語に心を囚われてしまうこともないでしょう」

読也は屈んで美咲に目線を合わせた。泣き腫らした美咲の目は赤く、顔には憔悴《しょうすい》が浮かんでいる。

「でも、もし必要になったらおれたちにまた相談してください。そのときはまた、利用されますから」

美咲は虚《きょ》を突かれたような顔をしたあと、目を細めて「はい」と小さく微笑んだ。

＊

「卵が先か、鶏が先か、だな」

帰る間際、闇夜に浮かぶ校舎を振り返って波々壁が言った。

「え？」

「なぜシスターが死んだかわかるか」

「物語に囚われてしまったから……ですよね？」

「一方の見方ではそうだ。でも違う角度から見れば、最期にシスターが祈った『可能な範囲で役に立つ』という願いを、黒いマリア観音像が叶《かな》えたからとも言える。彼女は前島美咲の悩みの対象になっていた。死ねば悩みは解消される。前島美咲の役に立つ」

「まさか。そんな……そんな叶え方がありますか」

「あるんだよ。『黒衣聖母』に出てくる麻利耶観音は、『禍《わざわい》を転じて福とする代りに、福を転じて禍とする、縁起の悪い聖母』なんだ。シスターが持っていたものも同じだろう」

縁起の悪い聖母。そんなものが存在するのかと、読也は背すじにうすら寒いものを感じた。

「作中、像を見た主人公の『私』は、この像について『顔を除いて、他はことごとく黒檀《こくたん》を刻んだ、一尺ばかりの立像である。のみならず頸《くび》のまわりへ懸けた十字架形の瓔珞《ようらく》も、金と青貝とを象嵌《ぞうがん》した、極めて精巧な細工らしい。その上顔は美しい牙彫で、しかも唇には珊瑚《さんご》のような一点の朱まで加えてある』と観察したうえで、『何か怪しい表情が、象牙の顔のどこだかに、漂っているような心もちがした。いや、怪しいと云ったのでは物足りない。私にはその顔全体が、ある悪意を帯びた嘲笑を漲らしているような気さえした』と感想を述べている。あの像は、ヨミが知っているような、慈悲にあふれたマリア様ではないんだ。かつて『せめては私の息のございます限り、茂作《さく》の命を御助け下さいまし』と孫の延命を願った老女に対し、翌日に祖母の息の根を止め、その十分ばかりのうちに孫の命も奪うという残酷なやり方で願いを叶えてやったという伝説もあるくらいだ」

「誰も、そんな叶え方は望んでいないのに……」

「神はけっして、人間にとって都合のいい存在ではない。なんでも思い通りに叶えてくれるものではないんだ。神に祈るときは、その文言にもよくよく注意しなければならない」

宗教とは、信ずれば誰もが救われるものという体でこの世に存在しているのだと、読也は思っていた。だが、神というのは人に優しく寄り添ってくれるだけのものではないらしい。

まるで、物語みたいだ。

波々壁は読也に聞かせるわけでもなく、ひとりでぶつぶつと呟《つぶや》いている。

「黒衣聖母は悪意をもって人を死に至らしめる。その悪意がシスターを物語の虜《とりこ》にさせたのかもしれない。物語は、魅了した人物を死に導く。だから物語が黒衣聖母をシスターの手に渡したのかもしれないな。シスターを殺したのは、聖母だったのか、物語だったのか」

だから「卵が先か、鶏が先か」、か。

やはりこの修復師は、少し言葉が足りない。

一話め『黒衣聖母』（芥川龍之介）

第二話　免罪符

梅雨が明け、季節は夏へと移り変わっていた。

読也は今日も山手迎賓館の脇にある坂をひたすらのぼり、山手図書館修復棟のアルバイトへ向かっていた。

約一か月が経《た》ち、山手図書館での仕事にもずいぶんと慣れてきていた。読也の仕事はおもに掃除や図書の発送、買い物などの雑務だったが、教科書を借りて読んでいるうち、波々壁の行なっている修復の手順も、なにをやっているのか理解できるようになりつつあった。

本をきちりきちりと直していく波々壁の手先は機械的な正確さがあり、それを見ていると、自分でも修復をやってみたくなる。当然だが修復はやらせてもらえないので、最近は波々壁の技を見よう見まねで盗み、自宅にある自分の本の補修をして過ごしていた。

いつものように岩崎博物館の前を通って進み、つきあたりにある外国人墓地の前を通る。

「ウゥン」

うなり声のようなものが聞こえた気がして、読也は歩みを止めた。

塀の向こう、外国人墓地の敷地内からだった。

「ウゥ、ウ」

また聞こえた。続いて、ガサガサガサと、草藪《くさやぶ》をかき分けるような音。

いったい、なにがいるのだろう。人ではないのは明らかだ。ここには観光客が見学に来ることもあるが、墓地という性質上、皆が静かに見学し、長居することなく速やかに去っていく。うなり声などあげないし草藪を突き進んだりしない。

見て見ぬふりをしてさっさと図書館へ向かうという選択肢もあった。だが斎田から聞いたところによれば、外国人墓地は横浜市の施設ではなく、公益財団法人のもと、寄付とボランティアの協力で維持されているものらしい。その様子を気にかけるのは、地域で働く人間としての責務のような気がした。読也は止めた足を翻して、墓地の入口へ戻った。

先ほど前を通ったときは認識していなかったが、墓地の正門である山手門は、今日は閉まっていた。そういえば月曜日だったと思い出す。敷地内にある資料館も休みのため、今日は敷地内には誰もいないはずだ。

柵に手をかけ中を覗いてみるが、入口から眺めただけでは奇妙な音の原因はわからなかった。明るい太陽の陽射しが降り注ぐ墓地に、人はやはり、ひとりもいない。

ガサガサガサ

また、音がした。読也は墓地の奥に広がる藪に目を向けた。夏場の植物たちは、草刈りの頻度を上回る旺盛な生育をみせている。定期的に整備はしているのだろうが、強い生命力に作業が追いついていないのだ。

その草藪の一部が揺れている。風ではない。なにかがガサガサと音を立てながら、茂みの中を動いている。

「あ」

黒茶の、犬の耳のようなものが見えた気がした。だがそれも一瞬で、すぐさま草藪の陰に隠れてしまう。なにか別のものを見間違えた可能性もあった。

読也はしばらく目を凝らして草藪を見つめ続けた。あの獣耳の正体を見極めたいと思った。

たっぷり五分は門の前に立っていただろうか。

だが、いくら見つめても、藪の中からはもう、なにも現れることはなかった。

*

山手図書館修復棟に行くと、波々壁が台車を引っ張り出しているところだった。

「来たか、ヨミ」

「おはようございます。どうして台車を？」

「外国人墓地のそばにあったインターナショナルスクールがずいぶん前に廃校になったんだが、そこの図書室にあった本を寄贈してもらえることになったらしいんだ。大多数は斎田さんたち本館スタッフがすでに貰い受けてきたんだが、一部、破損のひどい図書は修復棟が運び出すことになった。いまから取りに行くから、ついてきてくれ」

「わかりました」

読也は背負ってきたリュックサックを置くと、組み立て前の段ボール箱の束を奥から運んできて台車に積んだ。腕にガムテープを通して台車の持ち手を摑む。ふと波々壁を見ると、鳥籠からカナリアを取り出して胸ポケットに入れていた。

「波々壁主任、こちらはもう出られますよ」

「ああ」

外に出て、いま来たばかりの道を、台車を押しながら波々壁と歩く。陽射しは相変わらず強いが、通りには木が多くところどころが日陰になっており、暑さはあまり感じずに済んだ。

外国人墓地の前を通りかかったところで、読也は先ほど聞いたうなり声のことを波々壁に話した。

「草藪がガサガサと動いていて、なにかがいるみたいなんです。犬の耳のようなものも見えた気がしたんですけど、姿はわからなくて。野良犬ですかね？」

「そうだとしても、いまは、野良犬はすぐ通報されて捕獲されるから、そこに棲みついているわけではないだろう。捨てられたばかりか、あるいは逃げ出した犬かもしれないな。それか、相当に警戒心の強い野犬か」

「もし姿を見かけることがあったら、近所の迷い犬情報をチェックしてみます」

言いながら、読也は何気なく墓地内に目を遣った。

「えっ」

「どうした？」

「波々壁主任、あれを見てください」

小声で言い、奥のほうに茂る草藪を指さす。その先には、犬がいた。ラブラドールレトリバーほどの大きさがある。黒茶の毛むくじゃらで、目つきは鋭い。そしてその犬のそばにしゃがんで、餌《えさ》をやっている男がいた。犬は繋がれておらず、痩せて毛並みも悪く、彼のペットというわけではないように見える。

「今日は、墓地は一般に解放されていない日だよな？」

「ええ、月曜日なので」

読也が答えると、波々壁は墓地の塀をひょいと越え、中に入っていってしまった。

「ちょっと、主任」

「ヨミも来たいなら来い」

行きたいわけではないが、波々壁が入ってしまった以上は読也も行かねばなるまい。勝手に入るのは躊躇われたが、読也は道の脇に台車を置くと、意を決して塀を飛び越えた。

読也の表情は、無意識に険しいものになっていた。

波々壁が敷地に入った途端、カナリアが囀りを止めたからだ。

どうやらまた、物語に囚われた人がいるらしい。それは目の前で犬に餌をやる、あの男なのだろうか。

波々壁と読也が近づくと、男は二人に気づいて顔をあげた。

「なんか用か？」

三十くらいの、さっぱりとした顔の男だった。イントネーションに関西訛《なま》りがあるが、繰り出された言葉は共通語だ。茶と黒がまだらになった髪が、目の前の犬に少し似ている。手には金色のメダルのようなものがついた紐《ひも》を持っており、犬の首に巻こうと試みている。こんなものを着けようとしているということは、やはり彼の飼い犬なのだろうか。

「あの、その紐は」

「おれが作ったんだ。こいつら、飾り気がないから着けてやろうと思って。かっこいいだろ」

男は餌に夢中になっている犬の首に紐を結んだ。犬は怒ることもなく、ただ一心不乱に餌を食べ続けている。波々壁が感情のない声で事務的に訊ねる。

「どうしてここで犬に餌をやっているのか、事情をお伺いしたい」

「あんた、ここの人？」

「いや」

「なら、説明なんて必要ないよね」

あっさりとした躱《かわ》し方だった。犬が餌を食べ切ったのを確認すると、男は立ち上がってさっさと歩いて行ってしまった。

犬も、餌がないなら長居は無用とばかりに草藪の中に戻ってしまう。

「あ、行っちゃった。捕まえたほうがよかったですかね？」

読也は犬が去ったほうを見つめたが、その姿はもうない。

「いや、ワクチンを打っていない可能性も高いし、嚙《か》まれたら危険だ。役所にでも連絡しておけばいいだろう」

「でも、連れて行かれたら殺処分されてしまうんですよね？　もしかしたらあの男性の犬の可能性もありますし、もう少しだけ様子を見ませんか」

波々壁はしばし考えている様子だったが、やがて組んでいた腕を解いた。

「まあ、そのほうがいいか。あの男が囚われている物語を見極めるためにもな」

「やっぱり、カナリアが囀りを止めたのって」

「あの男が原因なんだろう。この墓地には、ほかに誰もいないんだから」

彼の心も物語に囚われてしまったのだ。読也は胸が痛むのを感じた。

この物語には自分のことが書かれている、この物語は自分を理解してくれていると思える本との出会いは、本来、すばらしいものであるはずだ。それがどうして、心を囚われ、命にまで影響を及ぼすような事態になってしまうのだろう。

波々壁の胸ポケットに潜むカナリアは、男が去ったいまでも鳴きはじめない。よほど警戒しているようだ。

「ヨミ、気になるだろうが、ひとまず行くぞ。約束の時間に遅れる」

そうだ、図書を受け取りに行く途中だったと思い出す。

通りに戻り、再び台車を押して歩く。五分ほど歩いて到着したのは、大きなガレージのある二階建の白い家だった。

読也は家を見上げて訊ねた。

「ここは、どなたのお宅ですか」

「山西《やまにし》さんという画家だ。本人は学校に直接関わりはなかったようなんだが、理事長の血縁者で、家が近いため廃校の管理を任されているらしい。ここで鍵を借りることになっているんだ」
「なるほど」
　波々壁は玄関のインターホンを押した。応答した男性の声に向かって名乗る。やや
あと、玄関脇にあるガレージのシャッターが開いた。てっきり玄関から人が出てくる
と思っていた読也は、驚いて後ろへ下がった。
「すんません、お待たせしました……って、あんたらさっきの人やん」
　現れたのは、先ほど外国人墓地で犬に餌をやっていた男だった。これには波々壁も
驚いたようだ。
「あなたが山西さんでしたか。改めまして、俺は山手図書館の図書修復師、波々壁と
申します。今日は廃校のことでお伺いしました」
「鍵だろ、聞いてる。ちょっと待ってな」
　山西はガレージに引っ込んだ。その内部に車は一台もない。代わりに、極彩色に塗
られた油絵のカンバスが溢《あふ》れかえっていた。
　ペールブルーの海に浮かぶ楽園の島、色とりどりの花畑、無数の色の羽を持った巨
大な鳥。写実性はないが、普通の人間ではまず塗らないような鮮やかな色彩で描かれ
ている。こういうのを芸術というのだろうなと、読也は感心してしまった。
「はい、これが校舎の鍵。そんでこっちが、図書室の鍵な」

キーホルダーのついた二つの鍵を渡してきた山西が、ガレージ内を見つめる読也の視線に気づいた。

「絵は好きか？　ここにあるのは全部おれが描いたんだ。どれもいい出来だろ」

「あ、すみません、不躾《ぶしつけ》に見てしまって。色づかいが独特な雰囲気を出していて素敵ですね。それに、量の多さに圧倒されてしまいました」

「いままで描いたやつ、ひとつも手放してないからな」

「そうなんですか」

画家とは絵を描いて、描いたものを売ることが仕事だと思っていた。読也に絵心はないが、こんなに魅力的な絵が描けたなら、ガレージにしまっておくのではなく、誰かのお気に入りの空間に飾って眺めてもらいたいと思うだろう。だが、山西は違うらしい。

「個展を開くと、売ってくれって人は必ずいるけどな。でもおれは、自分の絵は絶対に売らないと決めているんだ。ゴッホの絵は、譲渡された先で鶏小屋の穴を塞ぐのに使われてしまっていたこともあるんだぞ。絵の価値を知らない人間は、簡単に作品を毀損する。自分の作品を真に愛しているなら、手放してはいけないんだ」

画家は、後世に残すことこそが自作への愛だと信じて疑わないような口調だった。

ゴッホの話は、読也も伝記で読んだことがあった。

オランダ出身の画家、フィンセント・ヴィレム・ファン・ゴッホは、死の直前までその作品の価値をほとんど認められず、不遇の生涯を送ったといわれている。死後、弟とその妻の尽力もあり人気を得ることができたが、ゴッホの絵に価値が生まれた頃には、作品のいくつかはすでに毀損されていたらしい。

読也は、歴史的な画家と自分を重ねてそこまで頑なにならなくてもいいのではと思ったが、口には出さなかった。

山西は波々壁を見た。

「図書修復師なら、波々壁さんもわかるだろ？　おれは詳しくないが、本だって同じのはずだ。時間が経つにつれて生まれる価値というものがある。でもその頃にはほとんどの本が失われてしまっている」

波々壁は小さく顎を引いて同意した。

「本は絵のように一点ものではありませんからまったく同じとは言えませんが、おっしゃりたいことはわかります」

「だろ？　なんだ、あんた話が通じるじゃないか」

なぜか二人は意気投合している。人づきあいが苦手そうな波々壁にしては珍しい。

「通じるついでに、犬のことを教えてもらっても？」

「犬？」

「外国人墓地であなたが餌をやっていた犬のことですよ。まさか、ボランティアで面倒を見ているわけではないでしょう?」

「そんな大したことじゃないよ。やつらは野犬で、住むところがないんだ。二週間くらい前かな。最初は一匹、さっき餌をやっていた黒茶の犬だが、あいつがあの草藪に棲みついたんだよ。あいつらにもコミュニティというものがあって、どうやらあそこなら棲むことができるというのを聞きつけたらしい。だんだんと増えていって、いま、あの状態だ」

読也と波々壁は顔を見合わせた。波々壁が確認する。

「あの状態というのは? 犬は一匹じゃないんですか」

「気づいてなかったのか? おれが知っている限り、あそこには三、四匹いる。もしかしたら、もっといるかもな」

「外国人墓地の管理者は」

「知らないだろうなあ。あいつら警戒心がかなり強くて、人がいるときは草藪に潜んでいるから。表に出てくるのはおれが餌を持っていったときと、夜くらいだ」

「あなたは、犬たちをどうするつもりでいるんですか」

「どうするって……どうもしねえよ。おれの犬じゃないんだから。ただ気まぐれに、ときどき餌を持っていくだけだし」

波々壁は小さくため息を吐いた。山西の無責任さに呆れているようだ。

波々壁は山西から渡された二つの鍵をチャラリと鳴らすと、話を打ち切った。

「では、鍵はお借りします」

「おれ、これからでかけるから、鍵の返却は明日にしてくれるか」

「わかりました。お邪魔しました」

再びガラガラと台車を押して歩く。読也は言った。

「山西さんの犬ではなかったんですね」

「ああ。しかも三、四匹棲みついているという。このまま放置していたら危険だ」

しかし読也たちが役所に通報すれば、おそらくあの犬たちは殺処分されてしまうだろう。近年は殺処分率を下げるために収容された犬猫の譲渡を積極的に行なっていると聞いたことがあるが、身体が大きく警戒心も強そうなあの犬たちに、貰い手が現れる可能性は相当に低いと思われる。通報しなければ生きていられるかもしれない犬たちの命を、なんだか自分が奪ってしまうようで、読也は躊躇った。

「あの犬たち、どうしましょうか」

波々壁なら、犬たちのためになるアイディアを持っているかもしれないと、淡い期待を抱いて訊ねた。

だが、波々壁の答えは素気なかった。

「とりあえずいまは図書の回収が先だ」

見上げると、波々壁は相変わらず表情の乏しい顔をしていたが、読也と同じく迷いが浮かんでいるようにも見えた。もしかしたら波々壁も、どうしたらいいかわからず戸惑っているのかもしれない。

読也は台車を押す自分の手を見つめた。

「はい……………」

答える声には、意図せずため息が混ざっていた。

＊

廃校という響きから、窓が割れ床が抜けているような荒れ果てた建物を想像していたのだが、訪れた校舎は管理の行き届いた綺麗な施設だった。かつて読也の通っていた古びた公立高校よりも、新しく清潔に見えるほどだ。

波々壁が山西から借りた鍵で校舎の裏玄関を開けた。いまだ人の出入りがあるらしく、備品としてスリッパが用意されていた。それを借り、図書室を目指す。

一階の突き当たりに位置する図書室は、教室四つ分ほどの広さがあった。棚の数も多く、資料の充実した施設だったのだろうと思わせる。いま、その棚にあったであろう図書は大多数が運び出され、ほとんど空になっていた。

波々壁が視線を左右に動かす。

「斎田さんが、修復の必要そうなものは奥の棚にまとめておいたと言っていたんだが」

「あ、あの棚じゃないですか」

空になった棚の林の中に、ひとつだけ本で埋まったものがあった。

波々壁がその棚に近づき、全体を眺めてから言う。

「そこまでの量はないな。ヨミ、積んできた段ボールを組み立てて箱にしてくれ。俺がそのまま箱に入れても大丈夫そうな本を仕分けるから、まずはそれを入れて欲しい。そのあとに、輸送に保護が必要そうな本を片づけよう」

「はい」

二人はさっそく作業に取り掛かった。

「大方は簡単な修復を施せば大丈夫そうだな。ああでも、これなんかはひどいな。表紙が取れかけているから、そのまま梱包はできない」

波々壁の手にあったのは、岡本綺堂《おかもときどう》の『半七捕物帳』の第一巻だった。函《はこ》入りだが、生徒たちに長く親しまれたのかぼろぼろになっていて、ほとんど原型を留めていない。

全六巻のセットで、一巻ほどではないがほかの巻も年季が入っている。

「これは一巻だけ別で包むか。ほかの五冊は段ボール箱に入れてくれ」

「六箱くらい作ればいいですか」

「そうだな。足りなくなったらまた組み立てればいい」

「はい」

てきぱきと段ボール箱を組み立て、波々壁から手渡された五冊を収める。ほかには内田百閒《うちだひやっけん》、大江健三郎《おおえけんざぶろう》、三島由紀夫《みしまゆきお》などがあった。修復が必要な本であるから、刊行年の古いものが多い。

手を動かしつつも、いつの間にか話題は山西と犬のことになっていた。

箱の底をふさぐガムテープを切りながら読也は言った。

「彼が囚われている物語って、いったい何なんでしょう」

「そうだな、『廃校』、『管理人』、『画家』、『犬』、『餌やり』、『無責任』。彼を見たところでは、要素はこれくらいか」

無責任、という言葉がやけに重く感じられた。やはり波々壁は山西の行動をよく思っていないらしい。

「要素を全部満たす物語、というわけではないんですよね」

「ああ。物語と繋がっている要素はどれかひとつかもしれないし、いま挙げた中にはひとつもないかもしれない。あるいは、すべて満たすかもしれない」

「大きな要素といったら、やっぱり『犬』ですよね。犬が登場する物語って、かなりの数がありますよね」

「白牙」

波々壁が挙げたので読也も続ける。

「ハチ公物語」

「名犬ラッシー」

「フランダースの犬」

「南極物語」

「あ、じゃあ犬物語」

「……きりがないな。もう少し絞れる要素が欲しい。それに、どれもちょっと違う気がする。いま挙がったのは、良くも悪くも犬と人間の絆《きずな》を描いたものばかりだ。でも山西さんと犬たちの間には、そこまでのものはないだろう？」

「二週間前から餌をやっているだけだと言っていましたからね。彼が囚われているのは犬の話ではないのかもしれません。そうすると、あとは『画家』とかでしょうか」

「画家か……ゴッホとかモネとか、伝記しか思いつかないな」

「伝記には、人の心が囚われることってないんですか」

「ないだろうな。少なくとも聞いたことはない。伝記はそもそも、実在した人物の実在した過去だからな。他人が混線するような余地はないはずだ」

「じゃあ、伝記ではない、画家の物語ですか……」

「月と六ペンス」

「サマセット・モームですね」

「イギリスの証券会社で働いていた男が突然家族を捨て、パリに渡って絵を描き続ける話だな。夢を追い続けた男が、周囲を不幸にする」

夢を追って周囲を不幸にする——そう言った波々壁の声がいつも以上に暗く憂鬱な音を持っていたので、読也は不審に思って段ボール箱から顔をあげた。

「ん、なんだ？」

波々壁に自覚はなかったようで、不思議そうにこちらを見返してくる。

「いえ、なんでも。そこの本、箱に入れてしまっていいですか」

「ああ、頼む」

すべてを詰め終えると、波々壁と読也は再び台車を押してもと来た道を歩いた。外国人墓地の前に来ると、二人の視線は自然と敷地内へ向いた。

「あ」

二人の声はほぼ同時に漏れた。先ほど山西が犬に餌をやっていた草藪の前に、どこから入ったのか、小学校低学年くらいの男児がいた。傍らには黒茶がおり、男児はいまにも手を伸ばそうとしてる。

「危ないよ」

とっさに読也は叫んでいた。その声に驚いたのか、黒茶は身を翻して草薮の中へ姿を消した。あとに残された男児は、黒茶に向かって伸ばしかけた手をそのままに、こちらを向いた。

「だれ？」

「いや、おれはその、通りがかりの者だけど」

読也は塀を飛び越えて走り、男児に近づいた。

「犬に不用意に手を伸ばしたら、危ないよ」

噛まれることそれ自体も危険だが、咬《か》み傷がそこまでひどくなかったとしても、狂犬病や破傷風の危険がある。ここの犬たちはワクチンなどを打っていない可能性が高い。狂犬病は発症すれば致死率がほぼ百パーセントであると聞くし、破傷風だって深刻な事態になりかねない。

男児はくりくりとした黒の丸い瞳で読也を見上げた。

「どうしてクロちゃんに触っちゃいけないの。ぼく、おうちにいるシロちゃんのことは毎日撫でてあげてるよ」

撫でるのを邪魔されて怒っているわけではなく、純粋な疑問のようだった。

読也は言葉に詰まった。

この年頃の子に感染症の話をして、理解してもらえるだろうか。

それに、男児の家庭で飼育している「シロちゃん」と黒茶では違うと説明することが、なんだか悪のように感じられて躊躇われた。同じ命なのに、なぜシロちゃんは人間から撫でてもらえて、黒茶は駄目なのか。彼にうまく伝えられる自信がない。

読也は助けを求めようと波々壁のほうを見た。てっきり真後ろにいると思って振り返ったのだが、波々壁は敷地の外、塀の向こう側の歩道でこちらを傍観していた。

「なぜ」

思わず口に出していたが、それで波々壁が助けてくれるわけでもない。読也は仕方なく、しゃがんで男児に目を合わせると、考えながらゆっくりと言った。

「きみの家のシロちゃんは、おうちの人が病院へ連れて行って注射をしていると思うんだ。でもクロちゃんは」

「ゆうちゃん」

どこからか声がかかった。聞こえたほうを振り向くと、三十代半ばの男性が塀を飛び越えてこちらへ駆けてくるところだった。

「パパ」

男児が言ったので、読也は男性に向かって会釈した。

「よかった、保護者の方がいらして」

「どうも、うちの子がすみません」

フレームレスの眼鏡をかけた男性は人の良さそうな微笑みを読也に向けると、男児の手をとった。

「おうちでお母さんが待ってるから、早く帰るよ」

「うん」

男性はもう一度読也に向かって微笑むと、「では」と頭を下げ、男児を引き連れて去って行った。

「黒茶は、思っていたよりは人間との交流があるみたいだな」

いつの間にか、すぐ近くに波々壁が立っていた。

「わ、びっくりした。さっきまで歩道にいたのに」

「子どもは苦手なんだ」

「それで離れたところにいたんですか」

「会話はちゃんと聞いていた」

読也は呆れたが、波々壁はその反応を気にしたふうもなく、またすたすたと歩道のほうへ戻っていく。読也も走って戻り、塀を飛び越えると、再び台車を手にした。

修復棟に戻ると、二人はまず段ボールを下ろした。それから部屋の隅にブルーシートを敷き、その上に壊れた図書を一冊ずつ丁寧に並べる。すべて終えると、読也は大きく息を吐いた。

「これでひと段落ですね」

「ああ。でも残念ながら休んでいる暇はない」

波々壁は手中の紙をひらひらと動かしてみせた。貰い受けた図書のリストを、役所の私学振興課というところへ提出しなければいけないらしい。

ブルーシートに四つん這《ば》いになり、一冊一冊の図書名と作者、出版社を確認して表に記入する作業を手分けして行う。全部で六十八冊あった。

「こうして整理してみると、思っていたより量がありますね。これだけの図書を修復するの、大変ですね」

「手がかかりそうなのは十冊もない。それに、直したあとは本館の貸出本になるだけだから、急ぎでもない。少しずつやるさ」

波々壁は立ち上がった。

「それより、役所が閉まらないうちに急いで提出に行くぞ」

役所に着くと、波々壁は案内板で私学振興課の場所を確認した。東棟の五階へ行き、担当だという中年の男にリストを渡す。

「山手図書館さんですね。ご苦労さんです。これで図書室の本はすべて無くなりましたかね？」

「ええ、今日、運び出したもので全部です」

「そうですか」

職員の男はふと思い出したように言った。

「そういえば、山手図書館さんって、外国人墓地の近くですよね？」

「ええ」

「あのあたりで、犬、見かけてません？」

波々壁と読也は顔を見合わせた。

「ええ、ちょうど今日」

なんだ役所でも把握していたのかと、読也は少々、気の抜ける思いがした。

だが、職員は驚いた様子を見せた。

「犬、見たんですか？」

読也と波々壁はもう一度うなずいてみせた。

「ええ、まあ」

「あの、そんじゃ申しわけないんですが、少し待っていてもらえます？」

職員は慌てた様子でどこかに内線をかけた。

「こちら私学振興課です。大木《おおき》さんって、まだそこにいます？　急いでこっち来るように言ってもらえますか」

電話を終えた職員に波々壁が訊ねる。

「犬というのは、あそこに棲みついているらしい野犬のことでいいんですよね？」

「そうです、そうです。保健センターの大木ってやつが私の同期なんですが、墓地に野犬がいるっていう匿名の通報があったんで何回も見に行っているのに、姿を確認できないようなんですわ。匿名でしたし、こうなると通報のほうを疑いたくなってきていたんですが、お二人が見たというならやはりいるんでしょうね。特徴とか、わかる範囲でいいんで教えてやってください」

数分も経たずにやってきた大木という坊主頭の男は、くすんだ緑の作業着を身につけていた。

「お時間取らせてすみません。あなた方が犬を目撃されたお二人ですか」

「ええ、そうです。でも、通りすがりに見ただけですよ」

「それは今日のことで？」

「ええ」

「大きさはどんくらいでしたか」

波々壁が目でこちらに訊ねてくるので、読也は「六十センチくらいじゃありませんでした？」と返した。

「おれたちが見たのは、その黒茶の一匹だけです」

読也が言うと、大木は動きを止めた。

「複数頭いる可能性があるんですか」

「え、いや、それはちょっと、わからないです」

つい、しどろもどろになってしまった。何匹か棲みついているというのは山西からの情報であって、読也たちが実際に見たわけではない。正しいかどうかわからないことを吹聴《ふいちょう》する気にはなれなかった。

「あの黒茶、捕まったら殺処分になるんですか」

「引き取り希望者が現れなければ、そうなります」

大木は悲しげに目を伏せて言った。

「飼われていて逃げ出した野良犬ならともかく、通報やあなた方の話を聞く限り、野犬の可能性が高いようですから。野生に生まれ、野生に育った野犬は警戒心が強く、家庭犬になるのは難しいんです。仔犬のうちに拾われたとしても、人に心を許すようになるまでには年単位の時間がかかります。お二人が見た黒茶の犬というのは六十センチくらいということですから、成犬でしょう。飼い主のもとで一生を過ごすというのはほとんど不可能なのではと思います。しかし、公衆衛生のためには放っておくわけにもいきません」

「そうですか……」

落ち込む読也に、大木は優しく言った。

「ただ、この辺りでは近年、野犬は確認されていないんです。その黒茶は野犬ではなく、かつて人に飼われて捨てられた野良犬だという可能性も捨てきれません。それならば共存できる道はありますよ」

大木は、野生で生活する犬が繁殖したものは「野犬」、捨て犬を含め飼い主のいない元家庭犬を「野良犬」と呼んでいるらしかった。黒茶が野良犬なら人にも馴《な》れる可能性があり、飼い主の見つかる確率も高くなるという。

「黒茶に飼い主が現れるのを願っています」

「ありがとう。善処します」

役所を出るとバスに乗り、二人は港の見える丘公園で降りた。外国人墓地の前を通りかかったとき、舗道から敷地内に視線を遣った読也は、波々壁の腕を引いた。

「主任、犬がいます。しかも、複数匹」

藪のほうへ首を向けた波々壁も目を眇《すが》める。

「三……四？　四匹いるな。山西の言った通りだ」

どれも身体が大きい。四匹とも、昼間に山西が持っていた金色のメダルのついた紐を首に巻いている。黒茶もいた。だが彼だけは群れ自体に慣れていない様子で、ほかの三匹とは離れた場所で毛繕いしている。

「あんな首輪のようなものをつけて、餌まで与えるなら、きちんと責任をもって飼うべきなんだ」

言いながら、波々壁はまた塀を越えて敷地内に入った。読也もあとに続く。

三匹の群れは波々壁と読也に気づくと、そそくさと草藪の中へ逃げて行った。一匹だけ離れていた黒茶も、二人を警戒して草藪へ消える。そのあとに、なにかが光った。

「あ、落としたよ」

思わず読也は言ったが、それで戻ってくるわけもなく、黒茶はそのまま逃げて行った。近づくと、紐のついた金色のメダルが落ちている。拾い上げて波々壁に見せると、彼は肩をすくめた。

「結び方が緩かったんだな」

「おれ、これ持っておきます。つぎ黒茶に会えたら、首に結んであげないと。結ばせてくれたら、ですけど」

「山西に返すほうが手っ取り早いんじゃないか」

波々壁は乾いた口調で言った。それもそうだが、どのみち保管しておくべきだろうと、読也はポケットにメダルをしまった。

＊

修復棟へ帰ると、波々壁は今日受け取ってきた図書の修復に取り掛かった。

「壊れ方がましなものから直すか」

そう言って手に取ったのは、茶の立派なハードカバーがついた洋書だった。厚さは約三センチ、大きさも雑誌ほどあり、かなり重そうだ。よほど古い物のようで、背表紙が半分以上取れてしまっている。

波々壁は本をいろいろな角度から眺め、写真を撮ったり記録簿になにやら書きつけたりしていたが、やがて作業デスクの上に本を置くと、部屋の隅にある傘立てに近づいた。傘立てにはもちろん傘もさしてあるのだが、明らかに傘のものではない柄《え》をしたものもささっている。長さのあるものは何でもかんでもここにしまっているらしい。

波々壁はその中から木製の柄を抜き取った。

「ノコギリ！？」

刃渡り二十センチはある、木工用のノコギリだった。とても図書の修復に使うようなものではない。驚く読也に、波々壁は当然といった様子で説明した。

「本がでかいからな。これで背表紙を分離する」

「いや、もっと小型のノコギリとか、糸鋸《いとのこ》とかあるでしょう」

「ここにはない。スイスの修業時代から使ってるから、これが一番手に馴染んでいるんだ」

刃についたカバーを取ると、波々壁は洋書をクランプで作業台に固定した。左手で押さえ、右手でノコギリを引く。細かな紙粉が床に白く積もっていく。

「よし」

背表紙はあっという間に取れてしまった。本文を綴《と》じた部分——本体と裏表紙だけが、見返しの効き紙でなんとか繋がっている。だが、破れのひどい表紙は、背表紙とともにぱらりと取れてしまった。表紙と背表紙を失った本は、哀れとしか言いようのない姿になっている。

波々壁は作業台の抽斗から定規やはさみ、でんぷん糊の入った小瓶などを取り出した。

「ヨミ、段ボール箱から寒冷紗を出してくれないか」

「はい」

寒冷紗というのは、繊維が平織にされた網状の布のことだ。波々壁は表紙と本体部分を接続するのによく使っている。

波々壁はあらかじめ自分のよく使ういくつかの大きさに寒冷紗を切り、段ボールに保管していた。読也はその中から今回の本の大きさに合うと思うものを選んで渡した。

波々壁は寒冷紗を本体の縦より上下二センチずつほど短く、背幅よりは左右三センチずつ長くなるようにカッターで切って調整した。それをゆるく溶いたでんぷん糊で本体の背に貼る。

糊を乾かしている間に、金属製のヘラで表紙と裏表紙それぞれの効き紙を慎重に剝がし、破れた古い寒冷紗を取り除いていく。綺麗になったところにでんぷん糊を塗り、先ほど本体に接着した寒冷紗を貼って効き紙を丁寧に戻した。これで表紙・裏表紙と本体が合体され、背表紙以外はあっという間にもとに戻ってしまった。

「つぎは背表紙のクータを作る。クラフト紙と紙テープを取ってくれ」

読也はクラフト紙の束から一枚抜きとり、ひと巻きの紙テープとともに作業台へ持って行った。

「これで足りますか」

「ああ、充分だ」

波々壁は紙テープを伸ばして本の背幅に合わせ、印をつけた。その長さを測れば、丸背の本でも正確に幅を知ることができる。波々壁がこうして長さを測っているのを、読也はたびたび見ていた。布用メジャーを使えばいいのにとも思うが、ノコギリと同様、ずっと行ってきたやり方のほうが早く正確に作業できるらしかった。

波々壁は測った長さの三倍にクラフト紙を切り、三つ折りにして筒をつくった。筒の幅は本の背と同じだ。今度は本の縦の長さを測り、合わせて筒を切る。どうやら、この筒をクータと呼んでいるらしい。

読也は、図書の修復中には、集中して作業をしている波々壁に自分からは声をかけないようにしていた。だから波々壁から説明してくれない限りは、どの素材をどんなふうに使うのかわからないまま見守ることになる。質問したい気持ちになるときも多いが、修復を直接手伝うことのできない読也ができる一番のことは、邪魔をしないことだと思っている。

クータも、なにに使うのかは一見しただけではわからなかった。だが波々壁がクータを曲げて丸みをつけ、本文の束の背に沿わせたところで、理解した。波々壁から借りて読んだ図書修復の教科書で、図を見たことがある。

丸背のハードカバーの本の背表紙部分は、当然丸みがある。だが本文が印刷された頁を束ねてつくられた本体部分は、当然ながら背が平らだ。二つをそのまま接着すれば、形が合わず本が開きにくくなってしまう。そこで、間にクータを入れれば、本文の背と背表紙の間に遊びができるため、本を無理なく開くことができるのだ。

波々壁は水で溶いたでんぷん糊を本文の背に塗り、クータを貼った。そのまましばらく乾かし、浮いてきてしまった端に糊を塗りなおして貼る作業を何度か繰り返した。最後に背表紙に糊をつけて戻し、不要な紙で保護してプレス機に挟む。

「これでよし」

すばやく一冊を修復してしまう波々壁の手さばきに、読也はいつも感心する。そしていつも少しだけ、自分もやってみたいと思うのだった。

「さ、そろそろいい時間だろう。外国人墓地に行くぞ」

作業デスクの片づけを終えると、波々壁は首を左右に伸ばしながら言った。

「墓地に、いまからですか」

腕時計を確認すると、午後七時を過ぎたところだった。いつも、波々壁が仕事を終える時間である。読也はアルバイトなのでシフトにより仕事のあがり時間はまちまちだが、波々壁は午前十時から午後七時を基本的な勤務時間としている。

波々壁は着ていた白衣を脱ぐと、作業デスクの椅子の背に無造作に掛けた。

「言ってなかったか。物語は、昼より夜のほうがよく動くんだ。前のシスターのときも、彼女が動いたのは夜だったろ」

「どうして夜なんですか？」

「さあな。理由はわからないが、その傾向が強いのはたしかなんだ。いま行けば、物語の正体を摑むヒントを得られる可能性が高い」

波々壁はカナリアを籠から取り出して、黒いシャツの胸ポケットに入れた。黒茶に対して無責任な行動をとる山西に呆れつつも、彼を見捨てるつもりはないらしい。無表情で冷たいように見える波々壁だが、本当は情に厚い人間なのだろうなと、読也は思う。

初夏とはいえ、もう日は沈んでいて暗い。空気にはわずかに湿り気があった。どこからか、かすかに虫の鳴いているのが聞こえてくる。

街灯の下を歩きながら、波々壁は口を開いた。

「そういえば、まだ『墓地』の物語である可能性を検討していなかったな」

「怪談しか思い浮かばないんですけど」

「たしかにな。伊藤左千夫《いとうさちお》の『野菊の墓』なんかは恋愛ものだが、墓をおもな要素に据えている作品のほとんどはホラーだろうな」

そっと右手を挙げて、読也はおそるおそる訊ねた。

「あの、現実が怪談に引き摺られたら、幽霊が現れたりするんでしょうか」

「ないな。前にも言ったが、現実に起こり得ない要素は持ち込まれない」

読也はほっと息を吐いた。

「そうですか、少し安心しました」

墓地に到着した。

塀を越えて敷地に入る。ここを飛び越えるのにもすっかり慣れてしまった。カナリアは、まだ囀っている。

ピチュピチュという小さなカナリアの声以外、夜の墓地は静寂に包まれていた。当然、人の気配はない。遠く丘の下には光に溢れたみなとみらいの夜景が見えるが、墓地は暗く、特に歩道の街灯の光が及ばない辺りはほとんどなにも見えなかった。波々壁は幽霊が出ることはないと断言したが、それでも読也は少しだけ恐ろしさを感じていた。

「あ……」

暗くてよく見えないが、草藪のそばに犬たちがいるのがわかった。夜は暗く人に見つかる確率が少ないからか、夜行性で活発に動くようになるからかはわからないが、昼より警戒心が薄くなっているように見える。読也たちの姿を見ても草藪に逃げ込むようなこともなく、毛繕いをしている。

「波々壁主任、犬が——」

言いかけたところで、しっ、と口許《くちもと》を押さえられる。

「カナリアが囀りを止めた」

身体の動きを止めて耳を澄ます。たしかに、カナリアは鳴くのを止めていた。

ヒュッ

空気を切るような音が耳のそばを掠《かす》めた。

驚いて、咄嗟《とっさ》に半身を翻す。いつの間にか、目の前に黒いフードを着た人物が立っていた。マスクをし、深くフードを被っていて顔は見えないが、身長からして男だろう。フードの男は一メートル以上はある木の角材を持っていた。それを、こちらに向けて振りかぶってくる。

その一発も避けると、今度は角材を滅茶苦茶に振り回してきた。それを避けるうちに読也と波々壁は引き離され、暗い墓地の敷地内ではぐれてしまった。

読也は犬たちのいた草藪の陰に身を隠した。自分の心臓がどくどくと脈打っているのがわかる。

暗いせいで、フードの男は読也を見失ってくれたようだった。それか、波々壁のほうに向かって行ったのかもしれない。わけがわからないままとにかく逃げたので、波々壁のほうまでを気にしている余裕はなかった。

暗闇は身を隠すのに適しているが、読也の側からも、フードの男や波々壁の位置はわからない。

一般の人間が夜に墓地で角材を振り回すことなど、普通はない。十中八九、フードの男は物語に動かされた人間なのだろう。そうであるならば、彼の正体は山西ということになる。

さて、どうするか。

彼の心が囚われた物語の正体は、読也にはいまだ掴めていない。波々壁はどうだろうか。昼間見た山西は元気そうではあったが、物語が進むほど身体への負担が大きくなるのなら、なるべく早く解放してあげたい。

「ウオン」

すぐ隣で小さな唸《うな》り声がした。振り向くと、白い犬がいた。山西のつくった、小さな金のメダルがついた紐を首に巻いている。

また、小さく唸った。白い犬は、じっと前を見据えている。その視線の先に目を遣った読也は、思わず息を漏らした。

「あ」

フードの男が、軍手をはめた手で黒茶の犬を捕まえていた。昼間、メダルを落とした犬だ。彼のメダルは読也のポケットに入ったままになっている。

フードの男は犬をがっちりと抱えて身動きを封じたまま、塀をひょいと越えて墓地の外に出て行った。

彼はここへ、犬を捕まえにきたのだろうか。あの黒茶をどうするつもりなのだろう。疑問ばかりだが、とにかくいますべきは波々壁との合流だ。読也は草薮の陰から飛び出した。まだ墓地の近くにフードの男がいる可能性があるので、読也は声を出さずに墓地を走り回って波々壁を捜した。

カナリアが鳴いてくれればすぐ見つけられるのに、と読也は思った。フードの男が墓地から出て行ったのだから、もうすぐ囀りをはじめるはずだ。

だが、カナリアはいつまでたっても沈黙を破らない。

「波々壁主任」

あまりにも波々壁が見つからないので、読也はとうとう声を出した。暗すぎて目では見つけられそうにないし、フードの男もそろそろ墓地から離れて行っただろうと思ったからだった。

いきなり、左腕を強く引かれ、身体を倒された。

「わっ」

読也は肩を地面に強か打った。

はっとなって見上げると、フードの男に左腕を摑まれていた。今度は無理やり腕を持ち上げられて立たされ、ずるずると引き摺られる。人間とは思えないような、ものすごい力だった。

「ヨミ、彼にメダルを見せつけるんだ」

どこからか波々壁の声がした。フードの男が立ち止まり、周囲をきょろきょろと見回す。声の主を捜しているらしい。

わけがわからなかったが、読也は摑まれていない右手でポケットを探ると、金のメダルがついた紐を取り出し、フードの男の視界に入るように高く掲げた。

「あ」

壊れた機械のような声を出し、フードの男は読也の腕を離して静止した。いきなり解放された読也は地面に転がったが、急いで起きあがると、先ほど波々壁の声が聞こえてきた方向に走った。

暗闇から腕が伸びてきて、また左腕を掴まれる。

驚いてびくりと反応すると、「俺だ」という波々壁の声が背後から聞こえた。ほっと胸を撫で下ろす読也に、波々壁は早口で指示した。

「その紐を自分の首につけるんだ。早く」

「紐を？」

わけがわからないまま、読也は言われた通りにした。体長六十センチはある犬用につくられた紐なので、読也の首に巻くのにも長さは充分だった。

フードの男がこちらの位置を掴んだらしく、走って迫ってくる。読也は波々壁と同方向に逃げようとしたが、目線で反対に行け、と言われる。波々壁はそのまま墓地の入口のほうへ向かって走った。フードの男は、今度はもう読也には目もくれず、波々壁を追っていく。

波々壁は街灯の光がわずかに届く場所まで行くと、立ち止まって振り返った。そして「やっぱりな」とうなずいてから、フードの男に向かって物語の正体を指摘した。

「おまえが囚われている物語は、『青い石とメダル』だ」

フードの男はぴたりと動きを止めた。息を詰めたまま読也が見守っていると、やがてそのまま膝から崩れ落ちた。波々壁が駆け寄り、頭を打たないよう抱きとめる。読也も急いで駆け寄った。

波々壁が気を失っている男のフードをとった。

「え、大木さん？」

フードの下から現れたのは山西ではなく、役所で会った保健センターの大木だった。

その正体は波々壁にも意外だったようだ。

「俺も大木さんだとは思わなかった。最初にカナリアが囀りを止めたとき、墓地にいたのは俺とヨミと山西さんの三人だけと思い込んでいたからな」

そういえば大木は通報を受けて何度か墓地に様子を見に行ったと、私学振興課の職員が言っていた。あのとき、大木も墓地の近くにいたのだ。

「大木さんは、昼にここへ様子を見に来たとき、なぜ犬たちに気づくことができなかったんでしょう」

「俺はわかりやすいからカナリアを使っているが、犬にも異常を感知する能力はある。物語に囚われている異常状態の大木さんを警戒して、けっして姿を見せないようにしていたんだろうな」

波々壁は大木の身体を地面に寝かせた。

「彼は年齢的に体力もあるし、まだ物語は序盤だったようだ。呼吸も安定しているから、もうじき目が覚めるだろう」

「本当ですか」

　読也はほっと胸を撫で下ろした。

「あの、おれ『青い石とメダル』という話を知らないんですが、どんな物語なんですか」

「小川未明《おがわみめい》の童話だ。彼は多作で、この話は代表作というわけでもないから、知らなくても無理はない」

　波々壁は読也に物語の概略を語った。

「この物語の世界では、主人のいる犬は首輪に畜犬票をつけてもらい、犬ころしから守ってもらえていた。しかし、主人のいない、家のない犬は畜犬票をつけてもらえない。主人公の少年・勇《ゆう》ちゃんは、可愛がっている野犬のクロを犬ころしから守るために、友人の持っていた畜犬票に似たメダルと、自身の大切な青い石を交換してクロにつけてやるんだ。その姿を見た勇ちゃんの両親は、大切なものと引き換えにしてでも守りたい存在なのだと納得して、クロを飼うことを許す」

「犬ころしってなんですか」

「おそらくだが、公衆衛生のために、街に溢れた犬を捕らえて処分する仕事をしていた人間のことだろう」

　読也は自分の首につけた金のメダルに触れた。

「畜犬票に似たメダル、ですか……。だからこれを見た大木さんは、おれを離したんですね」

「ああ。だが物語の主人公である少年のほうではなく、脇役に自分を重ねて心を囚われるとはな」

読也は意識のない大木の顔を見つめた。

「これはおれの想像ですけど。大木さんはどんな犬でも——たとえばここに棲む犬のように家庭犬になるのには難しい犬でも、殺処分なんてしたくないんじゃないでしょうか。『青い石とメダル』の犬ころしも、きっと同じ気持ちなんじゃないかと思います。すべての犬を新しい飼い主に譲渡できればいいですけど、それは難しい。でも、収容できるスペースも限られているでしょう。やりたくないけど誰かがやらないといけないことって、きっとこの世にたくさんあると思うんです」

波々壁は無表情のまま言った。

「彼の心は傷ついていたのかもな」

無表情なのに、波々壁の声は優しかった。なぜか読也が泣きそうになってしまい、唇を噛んで堪《た》えた。

「そんな仕事を、覚悟を決めてやってくれている人の心は、誰が守ってくれるんでしょうね」

　そこまで言ってから、読也ははっとなった。

「そういえば、あの黒茶の犬はどうなりました？　大木さんが『犬ころし』に自分を重ねていたのなら、あの犬は……」

　つい、嫌な想像をしてしまう。

　そのときだった。

「なあ、あんたらなにしてんの？」

　墓地の入口からひょっと顔を出したのは、山西だった。

「山西さん」

「そこに停まってる車の中から、ものすごい犬の唸り声がしてるんだけど」

「え、車？　車に犬がいるんですか」

　読也と波々壁は立ち上がって歩道に出た。山西の言う通り、路肩に停《と》められた黒いワンボックスカーの中から、低い犬の唸り声が聞こえている。

　後ろの窓から中を覗くと、後部座席を倒して設置された鉄製の檻《おり》の中に、あの黒茶がいた。無事だ。

「よかった」

　安堵する読也に、山西が疑問だらけの表情で訊ねる。

「まじであんたら、なにがあったんだ？　あそこに倒れているあの人、あのままで大丈夫なん？」

「大丈夫です、じき目覚めます」

読也が言って間もなく、大木のまぶたが動いた。目を開いて上半身を起こし、彼もまた疑問だらけの顔で周囲を見回している。

読也と波々壁、山西の三人は墓地に入り、大木に駆け寄った。

「気分は大丈夫ですか」

波々壁が訊ねると、大木はきょとんとした表情で言った。

「もしかして僕、いま寝てました？」

「ええ。記憶にありませんか」

「いや、なんか犬を捕まえた気がします……けど、なんでこんな時間に、ひとりで来たんでしょう。車も公用車じゃなくて自分のですし。僕、ここまで運転してきたんでしょうか。運転中の記憶がまったくない」

大木は混乱しているようだった。

「大型犬がこんなところに野放しになっていたら危険だから捕まえなくては、とは思っていたんですが。それに、もっとたくさん犬を見た気がするのに、なぜか黒茶の犬だけしか捕まえられなくて」

読也も大木に腕を摑まれたわけだが、まさか、彼は読也のことも犬と間違えたのだろうか。メダルを見せた途端に解放されたあたり、その可能性は高い。だが、とてもではないが訊いてみる気にはなれなかった。

ある程度の状況を把握したらしい山西が口を開いた。

「もしかしてあんた、役所の人？　犬たちを捕まえにきたのか」

大木は山西を見上げた。

「はい、そうです」

「車に黒茶を閉じ込めたのはあんただな」

「収容するための、一時的な処置です」

「収容だと？　勝手なことを」

突然、山西が大木の胸ぐらに摑みかかった。

「あの黒茶を解放しろ。この犬たちはここで生きてる。誰にも迷惑をかけていないだろ」

大木は首元を締める山西の手を摑んで冷静に言った。

「ここは墓地ですよ。眠っている方たちがいらっしゃるんです。それに山手の観光地のひとつにもなっている場所です。多くの方々がここに来ますし、管理者の方もいます。ここの野犬たちはおそらくワクチンも打っていないし、人にも慣れていないから嚙みつく恐れだってある。もしなにかあったら、あなた、責任を取れるんですか」

しばし二人は睨み合う。暴力沙汰に慣れていない読也は、動揺して波々壁を見た。

「と、止めたほうがいいですよね？」

「いや。俺たちは山西さんのように自費を投じて犬に餌をやっているわけでも、大木さんのように仕事の責を果たそうとしているわけでもない。完全に部外者だ。なにもしていない者に、当事者の間に割って入って口を出す権利はない」

「そうは言っても」

どうすればいいかわからず読也はあたふたとするだけだったが、山西は、やがて大木を突き離した。

「収容して、殺すんだろう。あんた、人間さえ良ければいいと本気で思うのか。弱いものを殺すなんてエゴじゃないか」

大木は静かな瞳で山西を見つめた。

「それならば食事のために牛や豚を飼うことも残酷だということになるでしょう。魚を養殖するのも、摘《つ》み取るために野菜を育てるのもエゴです。あなた、一切食事をしないんですか」

山西がぐっと言葉を詰まらせる。

「そ、それとこれとは話が違うだろ」

「いいえ、公衆衛生を守ることも、エゴを振りかざしている点では食事と同じです。

自分が、人間の安全を守ることを優先しているのは重々承知ですよ。それでもこの犬たちを、このままここに野放しにするわけにはいきません」

きっぱりと言うと、大木は立ち上がって山西に背を向け、読也と波々壁を振り返った。

「すでに捕まえた黒茶は、このまま収容先へ運びます。今日はもう暗いですし、人手も準備も足りませんので、残りの犬たちは後日、管理者に連絡したうえで捕まえに来ます。正直、記憶が曖昧なのですが、助けていただいたようで、ありがとうございました」

「いえ。倒れたばかりですので、ご無理なさらず」

波々壁が応えると、大木は一礼してからワンボックスカーに乗り込み、去っていった。

「ヨミ、俺たちも帰ろう。くたびれた」

あくびをしながら、波々壁はさっさと墓地を出ていく。山西は突っ立ったままだ。

読也は彼になにか言おうと思うのだが、適切な言葉が浮かばない。迷っているうちに、山西のほうから口を開いた。

「しっかりした人間の助けを受けているものと、なんの助けもないものと、どちらがしあわせでありましょう？」

「え？」

「知らないか。『青い石とメダル』っていう童話の一文なんだ」

読也は目を見開いた。物語に心を囚われていたのは大木だ。だが山西もまた、『青い石とメダル』を知っていたらしい。驚いたが、同時に腑《ふ》に落ちることもあった。

「納得しました。だからあなたは、犬たちの首に金のメダルを着けたんですね」

山西はうなずいた。

彼はただ、純粋に犬たちを守りたかったのだ。だが適切な方法が浮かばなかった。だからとりあえず生きられるだけの餌を与え、気やすめだとわかりつつも、犬を守る象徴である金のメダルを首に着けてやったのだ。

だがいまの日本は作中の世界とは違うし、彼は勇ちゃんではない。

「おれは、どうすればよかったんだろうな」

山西はどうにも無邪気で、考え方の極端なところがある。ぽつりと言う彼の姿は、少年のように小さく見えた。

しかし読也にだって、答えはない。

「おれにもわかりません。大木さんは、ここにいる犬たちのように大きくて人間に不慣れな個体は、譲渡先が見つかりにくいと言っていました。彼らが幸せに生きる道を見つけるのは、相当に困難かもしれません」

目を伏せる山西に、読也は言葉を重ねる。

「でも、山西さんの手からは餌を食べていた。首に紐を巻くことも許していました」

自分もたいがい無責任だなと思いながら、読也は感じていたことを、あえてそのまま口にした。

「では、失礼します」

頭を下げて、急いで波々壁を追う。

歩道に出ると、街灯の光が眩《まぶ》しく感じられた。それほど墓地は暗かったのだ。波々壁はもう、十メートルほど先を歩いていた。

走って追いつく。黙ったまま並んでしばらく歩いてから、読也は波々壁に、先ほどの山西の疑問をそのままぶつけた。

「山西さんは、どうすればよかったんでしょうか。野犬に勝手に餌をあげることは、おれもよくないことだと思います。でも、じゃあどうしたらよかったのかと訊かれても、答えが見つからないんです」

波々壁の答えは簡潔だった。

「すべてを解決できる方法など存在しない」

読也は唇を引き結んだ。そうだろうな、と読也も思う。胸のつかえは、ずっととれないままなのだろう。

「あ」

「どうした？」

読也は自分の首に巻いていた紐を取り外した。

「メダル、黒茶に返すのを忘れてしまいました」

手のひらに載った金のメダルは、街灯の光にきらきらと輝いている。

『青い石とメダル』の世界では、これに似た畜犬票を着けている犬は捕まらないが、着けていない犬は捕まって殺されてしまう。同じ命なのに、こんなメダルひとつで運命が変わってしまうのだ。

「これがあれば殺されないなんて、まるで免罪符みたいなものですね」

皮肉を込めて読也は言った。

だが実際のところ、メダルは関係ないのかもしれない。畜犬票があるかないかというのは、人間に飼われているか飼われていないかという違いだ。メダルはそれを表しているにすぎない。現代でだって、飼われている犬は殺されることはないが、黒茶たちのような犬は捕らえられ、人間の引き取り手が現れなければ殺処分されてしまう。

波々壁は目を伏せて首を横に振った。

「犬たちはただ生まれてきただけだ。罪なんて犯していない」

そうだ、と読也も思った。ただ生まれてきただけなのに、「人間と生きられるかどうか」で、命が左右されるのだ。

「……そうですね。そうです。ただ生きているだけなのに。共生って、難しいですね」

読也は、廃校からの帰り道に出会った男児のことを、ふと思い出した。そういえばあの子も「ゆうちゃん」だった。

「おれ、ゆうちゃんに『なぜクロちゃんを撫でてはいけないのか』って訊かれて、答えられなかったんです。ゆうちゃんが自宅で飼っているシロちゃんのことはいつも撫でているのに、クロちゃんを撫でてはいけない理由……野犬や野良犬はワクチンを打っていないからと答えればよかったんでしょうけど、そういうことでもないような気がして。ゆうちゃんがおれに訊ねていたのは、なぜシロちゃんは人と共生できるのに、クロちゃんはできないのかということだったんじゃないかと思うんです」

波々壁は「ああ、あの子どもか」と思い出したように呟いた。

「そのことでヨミが思い悩む必要はない。これはほとんど俺の推測だが――あの子がヨミに訊きたかったのは、そういうことではないんだ」

「え」

思いもかけない言葉に、読也は立ち止まった。

「ちょっと意味がよく……どういうことですか」

「シロちゃんという名なのだから、あの子は家で白い犬を飼っているんだろう。そして黒茶のことはクロちゃんと呼んでいた。まるで、二匹で名を揃えて付けたみたいだ」

　ぞわっと、嫌な予感が全身を覆った。

「まさか……」

「それだけなら、家で飼っている犬がシロちゃんであるから、それを応用してあの場にいた黒茶に即席で名付けたという可能性も考えられる。しかし黒茶は、黒茶だけはほかの三匹と違って、警戒せず山西から餌を貰っていた。あのときも、ヨミが声をかけるまでは、手を伸ばす男児からも逃げようとはしていなかった。野犬にしては、明らかに人馴れしている」

　波々壁は感情のない声で続けた。

「あの子は、シロちゃんはいまだ家で飼われているのに、なぜクロちゃんだけが墓地に棄てられたのか——その理由を知りたかったんだよ」

　あの眼鏡をかけた人の良さそうな父親。彼が、飼っていた黒茶を墓地に棄てたのだ。二匹は手が余ると思ったのか、はたまた想定していたよりも黒茶が大きく育ってしまったのか。

　理由はわからないしわかりたくもないが、自分が可愛いと思う白い犬だけを残し、黒茶の飼育を放棄した。

「重ねて言うが、あくまで状況からの推測だ。証拠はない」

読也は拳を握りしめた。

「でもそれが本当だとしたら、そういう人たちが行った無責任な行動の後始末を、大木さんがしていることになります。大木さんは犬が好きなようでした。それでも野放しにするわけにはいかないからって……それで精神的に追い詰められて、物語に心を囚われたんです。もしかしたら命を失っていたかもしれなかったんです」

波々壁はため息混じりに言った。

「言いたいことはわかる。しかし残念だが、俺らがちょっと考えたくらいで答えの出る問題じゃないし、いま俺たちにできることはない」

「はい……」

「だが、断言できることもある。大木は悪じゃない。大木が悪なら、社会で生きる人間すべて悪だ。もし大木だけを悪者にして自分は悪じゃないというやつがいるなら、そいつが飼い主のいない犬をすべて引き取って育てればいい」

引き取って育てる。それがどんなに難しいことか、想像するだけでも簡単にわかる。しかも野犬は、大木によれば普通の家庭犬のようには人に懐かないのだ。

下を向く読也に、波々壁は声音を変え、悪びれる様子もなく言った。

「じつは俺も、山西さんに鍵を返すのを忘れた」

ものすごく不器用ではあるが、落ち込みすぎる読也のために、話を強引に変えようとしているふうだった。

「明日の仕事のはじめに、返しに行く。そのメダルも、そのとき山西に渡せばいい」

「はい」

さっきは言い逃げのようになってしまったから、明日、きちんと謝ろう。

読也は金のメダルがついた紐を、再びポケットに突っ込んだ。

＊

翌朝。

今日は夕方まで授業がないので、午前中からシフトを入れてある。出る前にアパートのゴミ捨て場に寄った読也は、千都生とばったり会った。

「泣いた？」

開口一番、なぜかそう言われた。

「な、泣いてない」

強がっているわけでも、嘘《うそ》を吐いているわけでもない。たしかに読也は昨夜、墓地でなぜか泣きそうになったが、涙は落としていない。

「顔がしょげてる」

千都生は読也の顔を見て感じたことをズバズバと言った。彼女の辞書に遠慮の文字はないらしい。

泣いたわけでもないのに、泣くような理由すら特に浮かばないのに、泣きそうな顔に見えているのか。読也は気恥ずかしくなって下を向いた。こういうときに限っては、波々壁の無表情がうらやましい。

「あのさ、」と読也は小さく口を開いた。

「例えばだけど、人間の手がなにかの命を左右することがあるなら、自分の腕は二本しかないけれど、できるだけ多くのものに差し出したいと思っていて」

顔をあげながら訊ねる。

「でも、責任ある腕の差し出し方というのは、どんなものだろう」

口にしてみてから、なんと抽象的な質問をしてしまったのだろうと自分で思う。千都生は昨夜のことをなにも知らない。それなのに突然こんなことを言われても、困るに違いない。

実際、千都生は眉間にしわを寄せ、あからさまに迷惑そうな顔をした。しっしっ、と読也を追い払うように手を振りながら、呆れたように、それでも去り際にひと言だけ答えてくれる。

「差し出すのは自分の腕なんだから、責任の取り方も自分で考えなさい」

それだけ言うと、千都生は自分のゴミを置いて、さっさと部屋に戻ってしまった。

その素気なさに、読也は波々壁と似たものを感じた。

だが、態度は冷たく見えるが、可能な範囲内で真剣に考え、答えてくれる優しさが千都生にはある。きっと、波々壁にも。

「自分で考えろ、か」

ゴミを捨て、駅に向かって歩く。自分の手を眺めてみるが、我ながらなんとも頼りないなと思う。これでは差し出されたほうも戸惑うだろう。例えば波々壁のように、図書を修復したり、心を囚われた人を助けられるような力が、自分にもあればいいのに。

数メートル先にある店のシャッターが上がった。

いつも前を通る古本屋がちょうど開店するところで、中年の男がワゴンを外へ出している。

そうだ。

名案が閃《ひらめ》いた。

依頼された図書や、貸し出すための図書の修復に読也が手を出すわけにはいかない。

でも、古本屋で買った本なら自分のものだ。思う存分、修復の練習ができる。

壊れた図書を直すほか、人と物語の関係性を修復するのも修復師の仕事だと、波々壁は言った。しかし読也は、誰かの物語を指摘して救うことは自分にはできないだろうと思う。だが練習さえすれば、図書を物理的に直すことは可能だ。たとえ囚われた心を直接救うことはできないとしても、誰かの大切な一冊を修復することができたら、どんなにいいだろう。

　読也は店員に挨拶をしながら店に入った。棚の前に立ち、大量に並んだ図書の背表紙を見つめる。内容は問わない。できる限り古くて、ひどく壊れたものがいい。こんな客、ほかにはいないよなと自分自身に苦笑する。

　条件に合う古本を探しながら、読也は天井まで埋まる本の山を縫うように歩いた。

「意外と……ないもんだな」

　意外と、というより、ほとんどすべてが、修復の必要のない図書だった。ところどころ折れがあったり、染みの汚れや日焼けはあるが、表紙が取れていたり、頁が破れているものは見当たらない。

　考えてみれば、商品なのだからあまりに損傷のひどいものが並んでいないのは当たり前のことだった。

　外に出された百円のワゴンも見てみたが、どれも出版部数が多かったり、刊行が最近で入手しやすいから百円なのであり、修復が必要なほど壊れているという理由で安く売られているものは一冊もなかった。

　諦めて店を出る。

なかなかうまくはいかないものだなと落ち込みながら電車に乗り、元町・中華街駅で降りていつもの道を歩いた。

外国人墓地の前を通るとき、読也は気になって門の外から敷地内を覗いてみた。今日も墓地には誰もおらず、静かだ。草藪のほうに目を遣ったが、犬たちの姿も確認できない。読也がいるのを察知して出てこないのか、大木がすでに捕らえたあとなのかはわからなかった。

修復棟で波々壁に挨拶をすると、エプロンを着ける前に鍵を渡された。廃校と、その図書室の鍵だ。

「ちょっと作業の手が止められそうになくてな。悪いが、鍵はヨミひとりで返しに行ってくれるか」

「わかりました」

「場所はわかるよな?」

「はい」

今日は台車がないので身軽だ。外国人墓地の前をさっきとは反対方向に通り過ぎ、五分ほど歩いて大きなガレージのある白い家に到着した。

ガレージの前に、一台のバンが停められている。そのトランクに、いくつもの絵画が積まれているのが見えた。

瑠璃《るり》色の絵の具を惜しげもなく使って描かれた地球や、黒の瞳の愛らしい鳥や、力強く隆起した筋肉を持つ肉食動物たち。山西の描いた作品だ。

「あれ、図書館の」

振り返ると、山西がカンバスを手に、こちらへ歩いてくるところだった。

「こんにちは。お借りしていた鍵を返しに来たのですが」

「ああ、そうだった、貸してたんだった。わざわざありがとう」

「本当は昨夜お返しできればよかったですけど、すっかり頭から抜けていまして。……それに、無責任なことを言い逃げみたいにして帰ってしまって、すみませんでした」

「そんなことない。気にしなくてええよ」

山西は片手で鍵を受け取ると、着ているジャケットの内ポケットにしまった。バンのトランクを開け、カンバスを積み込む。ガレージの中は、すっかり空になっていた。

「作品をどこかへ移動させるんですか。個展とか？」

訊ねると、山西はそっと首を振った。

「いくつかのギャラリーが買い取ってくれるというから、すべて売るんだ。大した値にはならなかったけど」

読也は驚いて彼の顔を見た。絵を売れば失われる、だから自分で持ち続けるのだと豪語していたのは、ほかならぬ山西だ。

「その、いいんですか」

遠慮がちに確認する読也に、山西は力強くうなずいた。その表情は明るく、さっぱりとしている。

「俺の作品に力がありさえすれば、その力のぶんだけは、きっと残る。それよりもいま必要なのは、彼らを迎え入れることのできる場所だ」

「彼ら？」

「犬たちさ。いまは四匹とも動物愛護センターで暮らしているが、おれが全部引き取るということで話がついた」

山西は絵をすべて売り、空いたガレージに犬たちを受け入れるつもりなのだ。

読也はまた驚いたが、まず出てきたのは安堵の言葉だった。

「そうですか。よかった」

「普通の犬みたいには飼えないから覚悟してくださいって、さんざん言われたけどな。でも、『青い石とメダル』の勇ちゃんだって、自分の大切なものを手放してもクロを守っただろ」

山西は少し寂しそうに笑いながら頬を掻《か》いた。

「おれはさ、本当は自分の絵にどこまでの価値があるのか、自信がないんだ。価値があったとして、おれが生きている間にそれを世間に見出してもらえるとも思わない。良いほうにも、悪いほうにも。でも、絵がおれから旅立つことで、犬の命は救われるんだ。四つもな。この事実は揺るがない。それって結構、すごいことだろ」

読也は、先ほどの山西のように力強くうなずいてみせた。

「山西さんはすごいです。そんなふうに自分を懸けられるものがあるのって、羨ましいですよ」

「きみにはないの？　やってみたいこと」

「昔から夢中になり続けていることって、特にないんです。読書は好きですけど、夢中というよりは、もう生活習慣のひとつみたいなものですし」

読也にとって本を読むことは、息をするのと同じくらい自分になじんだ、当たり前の行為だった。

「あ、でもいまは、波々壁主任のように図書の修復をやってみたいなと思っているんです」

「ああ、山手図書館で働いているんだもんな」

「波々壁主任の修復の技術はすごいんですよ。見ていたら、おれも挑戦したくなってしまって」

「いいじゃん、やりたいと思ったことは遠慮せず、どんどんやってみればいい」

「はい」

答える声に混ざって、しかし、小さくため息が漏れた。

「そう思って探してみたんですけど、壊れた図書って、意外と見つからないんですよね。山手図書館にはたくさんありますけど、素人のおれがやるわけにはいかないし」

「そうなのか」

しばしなにかを考えていた山西は、ふと思いついたように提案した。

「じゃあ、おれの本を直してくれよ」

「えっ」

山西は一度家に引っ込むと、一冊の本を抱えて出てきた。差し出されたのは、ハードカバーの、相当に古い本だ。黄ばんだ白い表紙に青い円がいくつかデザインされている。読みにくいが、『青空の下の原っぱ』という題らしい。

「これは……」

「小川未明の童話を収録した本だよ。老いた祖父がとうとう施設に入るっていうんで、家を整理しに行ったら屋根裏の本棚にささってたんだ。本なんて普段は読まないんだけどさ、なんとなく開いたところに載っていたのが『青い石とメダル』だった。おれは自分の作品が大切で、絶対に手放さないと決めていたから、最初はクロのためとはいえ石を手放す勇ちゃんの行動が納得できなかったんだよな。それで胸に引っ掛かるものがあって、これだけ祖父の家から持ち帰ってきたんだ」

　この主人公は自分のようだとか、自分のことが書かれているだとか、そういうふうに思える物語に、人は惹かれるのだと思っていた。だが、そうとも限らないらしい。

「何度も読んで、なぜ童話にこんなにも引っ掛かっているのか理解したんだ。おれは、大切なものを失っても構わないと思える存在がいる勇ちゃんが羨ましかったんだよな。おれには無いんだ。絵を描くこと以上に大切なものなんてない。でも、気づいたんだよ」

　山西は本の表紙を優しく撫でた。

「おれに大切なものがないのは、まず、おれが大切にしようとしているものがないからなんじゃないかって。絵を描くこと以外にはな。でも、大切なものって、たくさんあるほうが幸せだろ。大切なものを増やすために、いまの自分の大切を切り分けていくのも、きっと楽しいはずだ。おれの絵がいろんな人のものになる。その人の大切なものになれるかもしれないんだから」

　本が差し出される。読也は両手で受け取り、そっと本の扉を開いた。古いわりには全体的に綺麗だと思っていたが、本文の一頁に破れがあった。

「その破れ、直せるかな」

　本の破れは、たしか和紙をでんぷん糊でなじませるようにして貼れば修復できるはずだ。読也はうなずいた。

「できると思います。でもおれ、図書の修復は本当に素人なんです。大切な本なら、波々壁主任に依頼したほうがいいのではないでしょうか」

「いや、失敗してもいいんだ。おれはこの物語に出会って、犬たちに出会い、考え方が変わった。絵を描くことへの意識が変わった今回のことを、形として残しておきたいんだ。それが、これから駆け出す修復師の最初の修復本だったら素敵だろ。だからきみに頼むよ」

読也はまだ、自分が修復師になりたいのかさえわからなかった。でも、修復をやってみたいという自分の気持ちを、大切にしてみたい。

「お受けします。勉強して、練習して、できる限りいい修復ができるように努力します」

「ああ、楽しみにしているよ。時間がかかってもいいから」

「はい、ありがとうございます」

読也は深く頭を下げた。躊躇う自分の背を、ぽんと気軽に押してくれた山西に、感謝の気持ちでいっぱいだった。

「あ、そうだ」

ふと思い出し、読也はポケットに手を突っ込んで金のメダルのついた紐を取り出した。

「黒茶が落としたこのメダル、おれが持ったままだったんです。返してあげてもらえますか」

「ああ、よかった。探してたんだ。あいつだけこれがなかったら、かわいそうだからな」

山西は愛《いと》おしむようにメダルを見た。そういえばメダルは山西の手づくりと言っていた。彼の作品は、絵ではないけれど、これからもずっと犬たちとともにある。

山西と別れ、すがすがしい気分で帰路につく。答えのないことに、山西は向き合って答えを出した。そのことを、早く波々壁に報告したい。

「ただいま戻りました」

修復棟の玄関を開け、明るい声で言う。

だが、返事はない。

集中していて気づかないのだろうか。修復の手が離せないということだったから、外出しているわけではないだろう。

段ボール箱の山を奥へと進む。

作業デスクを覗き、読也は息を呑んだ。波々壁が椅子に倒れかかるようにしてしゃがみ込んでいる。

「主任！　大丈夫ですか」

読也の声に、波々壁の肩がぴくりと反応する。駆け寄って顔を見ると、血の気を失って蒼白になっている。

「どうしたんですか。顔色が」

波々壁は虚《うつ》ろな瞳で読也を見た。ぱくぱくと口を動かし、なにかを言っている。

「具合が悪いんですか？　病院へ行きますか？」

これは救急車を呼ぶ事態かもしれない。いや、意識はあるのだから、車で連れて行ったほうが早いだろうか。

波々壁は乾いた唇から声を漏らすようになにかを囁いた。

「ヨミ………ヨミは、物語に囚われる人間を見ても」

「え、なんですか」

「きみは――本を読むのが怖くならないのか」

「へ？」

ふっと波々壁は意識を失い、上半身が椅子から崩れ落ちた。読也は慌ててその肩を支えた。頭を打たせずには済んだが、波々壁の意識は戻らない。

「主任？　きゅ、救急車！　……とりあえず、斎田さんを呼ばなきゃ」

混乱する読也の頭の中で、波々壁から投げられた問いがいつまでも響いていた。

きみは——本を読むのが怖くならないのか。

二話め『青い石とメダル』（小川未明）

第三話　穴

にげた、にげた、烟突《えんとつ》の素頂辺《すてっぺん》へ攀《よ》じてった。

しめた、しめたとどろぼうどもがおっかけた。

＊

波々壁が倒れてから二日が経った。

木曜日は朝から夕方まで大学の授業が入っている。四限目が終わると、読也は急いで修復棟へ向かった。

あのあと、波々壁は救急車で運ばれ、結局そのまま入院となってしまった。

波々壁不在のいま、修復棟のことを把握しているのは読也しかいない。読也に修復はできないが、それでもやるべきことはたくさんあった。いつもの掃除のほか、依頼を受けていたものについては作業が遅れる旨を連絡しなければならないし、廃校からもらってきた図書を整理し、波々壁が帰ってきたときにスムーズに作業に入れるようにしておく必要もあった。

いつもは波々壁が修復棟を開けてくれているので庭から直接入るが、しばらくは読也が解錠しなければならない。鍵を借りるため、まず本館に行き、事務室を覗いた。

「あ、斎田さん」

「おはよう、ヨミくん」

斎田は帳簿らしいものから顔をあげると「どうしたの？」と訊いてくる。

「いまから出勤なんです。修復棟の鍵をお借りしたくて」

「それなら波々壁さんが持って行ったわよ」

「え、主任、もう退院したんですか」

「そうみたい。退院したそのままの足で修復棟に籠《こも》って作業してる」

「早すぎじゃありません？　身体は大丈夫なんでしょうか」

斎田は手を頬に当てて心配そうに言った。

「私もそう思うんだけどねえ。一週間後に、診察には行くみたいなんだけど」

読也は渡り廊下を急いだ。「おはようございます」と言いながら修復棟に入る。作業デスクの前に立っていた波々壁が、いつものように振り返った。

「ああ、ヨミか。おはよう」

波々壁が倒れたときの姿は、ずっと脳裏に残っていた。平気そうな様子で話す波々壁を見て、その記憶が上塗りされていく。

読也はほっとして、こわばっていた肩の力を抜いた。

「お身体は、もう大丈夫なんですか」

「ああ。点滴したらすっかりな。迷惑をかけて悪かった」

「そんなの、全然構いません。でも無理はしないでくださいね」

波々壁は頬を掻いた。

「まあ、あんまり根を詰めすぎないようにはする」

波々壁は修復待ちの図書が並ぶブルーシートを指さした。

「ところで、一冊だけ離れたところにある、あの本はなんだ？　依頼リストにも載ってないんだが」

山西から預かった『青空の下の原っぱ』だ。実際に手を着ける前に波々壁に見てもらい、自分の考えた修復方法で問題がないか訊ねようと思ったままになっていた。読也は山西から自分が修復を依頼されたこと、挑戦してみたいが、方法の確認をさせて欲しいことを説明した。

読也が修復に興味を持ったことは、波々壁には意外だったらしい。

「修復のやり方なら、俺にいくらでも訊いていい。和紙や糊も、その本一冊ぶんなら大した量ではないから、斎田さんに許可をもらってここのを使えばいいさ」

「本当ですか。ありがとうございます」

「ヨミに簡単な修復を任せられるようになれば作業効率もあがる。山手図書館にもメリットはあるんだから、誰もヨミのやる気に反対なんてしない」

「はい」

読也はさっそく事務室まで走り、斎田から山西の本を修復する許可を得た。波々壁の言った通り、斎田も図書館に役立つことだからどんどん技術を身につけるように、と応援してくれた。

読也が戻ると、波々壁が『青空の下の原っぱ』を開いて修復箇所を観察していた。

「そこまでひどい壊れ方はしていないな。直すとしたら頁の破れくらいだろう。初めての教材にはうってつけじゃないか」

「その破れ、でんぷん糊を溶いて和紙をなじませるように貼ればいいんでしょうか」

「そうだな。喰い裂きという方法だ。やったことあるか？」

読也が首を横に振ると、波々壁は練習用にと言って、段ボール箱の中から本の頁の素材に近い紙を選んで渡してくれた。

「それを適当に破いて、試しに和紙を貼ってみるといい。感覚を摑んでから本番に着手したほうがいいからな」

「はい」

その日の終業後、読也はさっそく波々壁からもらった練習用の紙を破り、和紙を貼って接合する練習をはじめた。

接合の媒体に和紙を使うのは、繊維の毛羽が修復する頁の紙になじみやすいからだという。楮《こうぞ》という木からつくられた書籍・文化財補修用和紙は、一般的な和紙よりも薄く、繊維が多い。これをハサミではなく手でちぎると、切断面が毛羽立ち、その毛羽が頁の破れをつないでくれるという。

読也は破れの部分をカバーできる大きさに和紙をちぎった。破れを過不足なく隠すことのできる大きさに手でちぎるのは意外と難しい。何回かにわけてゆっくりと割くようにし、ようやく満足のいく形の和紙をちぎることができた。

つぎは糊だ。でんぷん糊はそのままでは濃すぎるので小皿に取り分けて水を加え、ゆるく溶く。波々壁に訊きながら薄めていき、とろっとしたソースくらいの濃度にした。読也が思っていたよりもずっと薄めだったが、これくらいのほうが和紙の繊維がなじみやすいという。

ちぎった和紙に薄くでんぷん糊を塗り、破れに合わせてそっと置く。指で押さえながら、筆で少しずつ和紙の周囲の毛羽立った繊維にでんぷん糊を含ませ、下の紙となじませていく。

「できた」

紙が少しぼこぼことしてしまったが、はじめてにしてはうまくいった気がする。波々壁に見せると、筋は悪くないと言ってもらえた。

「つぎは、もう少しでんぷん糊の量を減らすといい。糊が乾く前にプレス機で押さえれば、紙は波打たなくなるから」

「はい」

何度も練習用の紙で試し、波々壁の太鼓判を得ると、ようやく読也は『青空の下の原っぱ』に取り掛かった。

下の頁に水分が染みないよう、下敷きを挟む。それから毛羽が出るように和紙を丁寧にちぎり、破れの上に置いた。

「よし、サイズはぴったり」

筆ででんぷん糊をとり、ちぎった和紙に薄くのばすようにして塗る。塗りすぎないよう、慎重に。それをひっくり返して破れに貼り、波々壁に借りた油彩画用の銀のヘラで押さえつけるように撫でつけた。

「波々壁主任、できました」

「ああ、大丈夫だな」

読也の後ろから覗き込むようにして出来を確認した波々壁は、棚からつるつるとした光沢のある紙を二枚とり、渡してくれた。

「明日までプレス機にかけておいてやる。下敷きだと厚みがあって頁に跡がつくから、代わりにこれで修復箇所を挟むといい」

「この紙、なんですか」

「クッキングシートだ」

ノコギリに、油絵用のヘラに、クッキングシート。波々壁の修復には、修復専用の道具ではなく、身近なものが多く使われている。

読也がクッキングシートを挟んで渡すと、波々壁は作業デスクの脇にある木製のプレス機に本を挟んでくれた。木の板の間に本を置き、上部のハンドルを回すと、ねじの要領でぎゅっと押さえられる仕組みだ。そのまま明日まで乾かすことになり、今日の作業は終了となった。

＊

翌日。

始業前にプレス機から本を外して確認すると、でんぷん糊はしっかり乾いていた。硬性のカッターマットを下に敷き、頁からはみ出た部分を丁寧にカットする。

「すごい、補修の跡、ほとんど目立ちませんね」

薄い和紙は糊で頁の紙になじみ、すっかり存在感を消している。指で擦ったり、目を凝らして見なければ気づかないほどだ。

「これなら山西さんに、自信を持って本を返すことができます」

「それはよかった」

波々壁は鳥籠からカナリアを取り出してポケットに入れた。

「俺も今日は修復を終えた図書を返しに行く用があるから、ついでに山西さんの家も回るか」

「いいんですか」

読也は封筒に『青空の下の原っぱ』を、波々壁は修復師のいない図書館から依頼されていたという六冊の図書を紙袋に入れ、修復棟を出た。

外はじりじりと焼けるような暑さだった。数分歩いただけで、読也の額には汗が滲《にじ》んだ。

波々壁のほうの約束は十一時で、まだ余裕があるというので、まず山西の家に寄った。

インターフォンを押すと、頭に白いタオルを巻いた山西が顔を出した。

「おお、もう直ったん？」

修復した本を見せると、山西は嬉《うれ》しそうな声をあげた。

「すげえじゃん、破けていたところがちゃんとくっついてる。いや、ちょっと驚いたわ。こんなふうに直せるんだな」

「喜んでいただけて、ほっとしました」

「簡単に頼んじまったけど、これはあれだな。修復料を払わねえと」

修復師ではない読也が、図書館の場所と材料を借りて行った修復に料金など受け取れるわけがない。慌てて辞退すると、山西は「そんじゃちょっと待ってな」と家の中に引っ込んだ。

しばらくして出てきた山西は、読也に金のメダルがついた紐を渡した。

「これ、犬たちの」

「そう、あれからいくつか作ったんだ。修復の礼に持っていってくれ。手づくりのメダルなら受け取ってくれるだろ？」

「はい、ありがとうございます」

読也は感激してメダルを眺めた。自分の手で行ったことに対して手づくりのもので返してもらえるというのは、このうえなく嬉しい。

「こっちが波々壁さんのぶんな」

山西にメダルを渡された波々壁は、わずかに驚いたような顔をした。なぜ自分までもらえるのか理解できないという顔をしたまま、戸惑ったように礼を言う。

「……ありがとうございます」

会釈する波々壁に、山西は満足げだ。その表情のまま、読也を見る。

「もし、また直して欲しい本があったら持ってくわ。そんときはよろしくな」

「はい」

はじめての依頼を無事に遂行することができ、読也は笑顔で山西宅をあとにした。

＊

山西の家を出て、今度は波々壁の修復した図書を返すために山手公園へと向かう。

山手公園は、百五十年以上前に横浜居留外国人によってつくられた洋式の公園だ。広大な敷地を持ち、六面あるテニスコートが有名だ。だが今日、二人が訪れたのは、テニスコートではなく白いあずまやのある芝生広場だった。

「いい天気ですね」

空の青が濃い。気温は高く陽射しもあるが、芝生広場には時折やわらかな風が吹いて過ごしやすかった。木陰の芝生に寝転んだら、さぞ気持ちがいいだろう。

だが波々壁は広場には目もくれず、あずまやの後方に茂る木々の中へと進んだ。

「え、そっちに行くんですか」

「まだ舗装されていないから足元に気をつけろ」

さわさわと葉のそよぐ木陰の小道を進む。広場の奥にこんな林があったのかと意外に思いながら十数メートル歩くと、唐突に、円筒形をした四階建の図書館が現れた。

「こんなところに図書館があるなんて知りませんでした」

「つい先日、建物が完成したばかりだからな。まだ一般利用ははじまってないんだ。開館する頃には、ここへ通じる道も広げられるだろう」

「それにしても変わった形の建物ですね」

「建床面積が狭い代わりに上へ高くしているから、塔みたいに見えるよな。この高さを利用して、屋上で天体観測をするつもりらしい」

波々壁が正面玄関の木製扉に手をかける。鍵は開いていた。

扉の内側についていた銀の鐘が、カランカランと鳴る。二人は声をかけながら中に入った。

「こんにちは」

塔はすべての階が吹き抜けになっており、四階の天井に嵌められた円状の美しいステンドグラスの色が、陽の光で一階の床に映り込んでいた。周囲をぐるりと覆う各階の壁は一面が本棚になっており、図書で埋まっている。

「綺麗なところですね」

「天窓のステンドグラスから光が入りすぎているようにも見えるがな。図書が傷む」

あくまで図書の保存重視の発言をする波々壁に、読也は苦笑した。

「誰もいらっしゃらないですね」

ふと、一階の中央に、なにかが落ちているのが見えた。

この図書館はまだ準備中だから、最初はなにかが置いてあるだけだと思い、あまり気にしていなかった。

一瞬のあと、それが老いた男性の身体だとわかり、波々壁と読也は息を呑んだ。

「館長！」

波々壁が鋭く叫びながら駆け寄る。読也も続いた。

館長は、身長も横の幅もある巨漢だった。後頭部を床に打ったらしく、映り込んだステンドグラスの色彩の中に血が飛び散っている。こうなってみると、どうしてすぐに気づかなかったのだろうと不思議にさえ思う。

「すでに血が乾いているな」

波々壁が脈をみる。亡くなっていた。

「この方から図書の修復を依頼されていたんですか」

「ああ。いきなり遺体と対面することになるとは思ってもみなかったが」

「救急車……は、もう無意味ですよね。こういうときって、警察を呼べばいいんでしょうか」

読也が自分のボディバッグを漁《あさ》ってスマートフォンを探していると、横から波々壁の手が伸びてきて、読也を止めた。

「待て、まだ通報はしない」

「えっ」

「カナリアが囀りを止めている」

言われて、はじめて気づいた。

「いつからですか」

「公園の敷地に入ってからだ。館長の死には、おそらく物語が関わっている。警察が来てしまったら現場は封鎖され、俺たちはろくにここを調べることができなくなる。解決してから通報しないと、助けられる人間も助けられなくなるぞ」

波々壁は遺体の服を調べ出した。ポケットをまさぐっていたかと思うと、あっという間に鍵束を見つけ出した。

「行くぞ」

「え、どこへ」

波々壁は右手奥にある下り階段を示した。この図書館には、地下もあるらしい。フロア案内を見ると、地下は、関係者以外は立入禁止の業務エリアとなっていた。

「下になら誰かいるかもしれない」

読也と波々壁は地下へと続く階段を覗いた。暗くてあまりよく見えない。一階が明るいこともあり、余計に闇が強調されて感じる。

「幽霊が出そうですね」

どこかに電灯のスイッチがないか探したが、見つからなかった。

「幽霊は知らないが、館長殺害の犯人は潜んでいるかもな」

言うと、波々壁は階段をさっさと降りはじめた。

「え、さ、殺人なんですか、これ」

波々壁はどんどん階段を下りていってしまう。遺体と一緒に取り残されるのも恐ろしくて、読也は慌てて追いかけた。

「ちょ、殺人犯がいるかもしれないのに、行くんですか」

「館長の血は乾いていた。どのくらいかはわからないが、死後時間が経っているんだ。殺人事件だとしても、犯人はすでに立ち去っているだろう。そもそもが、単に転んで頭を打っただけという可能性もある」

「じゃあなんで脅かしたんですか……」

下りきると、「関係者以外立入禁止」の看板が置かれていた。それを無視して円形のホールに出る。

壁に照明のスイッチを見つけてオンにすると、地下はホールを囲むようにして、三つの部屋で区切られているのがわかった。

「館長室、事務室、資料室か。とりあえず、資料室から順に見てみよう」

波々壁は鍵束から資料室の鍵を探し出して、開錠した。

中には移動書庫がずらりと並んでいた。波々壁が感情のない声で呟く。

「物語に囚われているのは館長だったのか、それとも別の誰かなのか。その正体は何の物語なのか……。もしほかを調べてもわからなかったら、最悪はこの中からヒントを探すしかないな」

「え、この中からですか」

何十もの移動書庫に、何千ものファイルがささっている。ファイルに収められた書類は数え切れないほどだ。これをすべて確認するとなると、寝ずに作業しても丸五日はかかるのではないだろうか。

資料室はぐるりと見て回るだけで一旦置くことにし、続いて二人は事務室へ入った。こちらにも、誰もいない。開館前だから不思議でもないが、人がいなければ館長が亡くなった経緯を知るのも難しい。

ふと、壁に掛けられた額縁が目に入った。詩が印刷された羊皮紙が収められている。

きらめく、きらめく、小さな星よ
きみはいったい誰なんだい！
世界の上のそんなに高いところで
まるでお空のダイアモンド

きらめく、きらめく、小さな星よ
きみはいったい誰なんだい！

「これ、なんの詩でしたっけ」

読也の質問に、波々壁は即答した。

「きらきら星の一節だ」

「ああ、小さい頃によく歌いました。でも、こんな歌詞でしたっけ」

「この詩の日本語訳はいくつか存在する」

「そうなんですか。そういえばここ、屋上で天体観測ができるんですよね。それで飾っているんでしょうか」

「そうだろうな」

最後の部屋、館長室へと移る。こちらにも、人気《ひとけ》はない。

読也は波々壁に疑問をぶつけた。

「館長の致命傷って、頭の傷ですよね。衰弱死ではないから、物語に囚われているのは館長じゃないのでは」

「そうかもしれない。だが、物語の筋書きに巻き込まれて亡くなった可能性もある。

例えば頭部を損傷して人が亡くなる物語に館長が囚われていたとしたら、物語が終わりを迎える前でも死ぬ可能性はある」

「頭部を損傷して人が亡くなる物語……ミステリーとかなら、わりと多そうですけど」

波々壁が、被害者が撲殺されるミステリーをいくつか挙げる。読也は感心した。

「ミステリーに登場する被害者の死因なんて、よく覚えてますね」

「印象深かったいくつかだけだ。それに、例えば『転倒』の要素がある物語に引き摺られて、たまたま頭を打っただけかもしれない。まだなんとも言えないな」

館長室には、キャビネットつきの立派な木製机があった。その上に、黒い表紙のファイルが載っている。

「何のファイルだ？」

波々壁はファイルを捲った。読也も脇から覗く。

「この図書館を建築したときの、競争入札の記録だな」

「入札、ですか」

「ここは公共の図書館だからな。平等な形で建設業者を決めなくてはいけない。記録によるとこの図書館の建設費は六億円で、地元の業者に決まったらしい」

読也にとっては果てしない額だったが、地下のある四階建の図書館ともなれば、そのくらいになるのだろう。

「天井に嵌められていたステンドグラスの輸入記録もあるな。あれは競争入札ではなく、設計に合わせてオーダーしたものらしい」

「あれ輸入物なんですか。直径五メートルはありそうですし、かなり高価なんじゃないですか」

「イタリア製らしい。価格は一億八千万円」

「一億八千万円！？」

思わず声が裏返る。

「金をかけるバランスがおかしくないですか。建物が六億円なのに、そのうちステンドグラスだけで一億八千万円って」

「ああ。それに、仮に上等なヴィンテージを買ったとしても、ステンドグラスに一億八千万円もかかるか……？」

「大きなステンドグラスではありますけど、やっぱり高価すぎますよ。最近は喫茶店を併設したり、施設に金をかけた図書館も流行《はや》ってはいますけど」

ふと、読也は、こちらの部屋の壁にも詩の書かれた額縁が飾ってあるのを発見した。

誰が駒鳥《こまどり》 殺したの
それは私 とスズメが言った
私の弓で 私の矢羽で

私が殺した駒鳥を

「波々壁主任、ここにも詩があります。なんだかちょっと不穏な詩なんですが」

読也に言われて額縁を見た波々壁は、少々拍子抜けしたように口を開いた。

「これはクックロビンの一節――マザーグースというやつだ」

「ああ、マザーグースですか。でも、事務室はきらきら星なのに、こっちにはどうしてマザーグースの、こんな暗い詩にしたんでしょうね」

「きらきら星もマザーグースだ」

「そうなんですか。じゃあ、それぞれの部屋にマザーグースを飾っているだけですか」

額縁をまじまじと見て、読也は感想を漏らした。

「おれ、あんまり詳しくないですけど、マザーグースってちょっと不気味で怖いものが多いイメージがあります。きらきら星は綺麗な印象ですけど」

「あれもフランスの原詩はなかなかだけどな」

「そうなんですか」

「星はいっさい出てこない」

波々壁は淡々とした口調のまま、その原詩を教えてくれた。

ねえ、言わせてママ
どうして私が悩んでいるのかを
パパは私にまともでいてほしがってる
どこかのお偉いさんみたいにね
私に言わせりゃ、飴玉《あめだま》のほうが
まともでいるよりすてきなの

「それ、本当にきらきら星なんですか」

「別版もある。そっちは恋に溺《おぼ》れそうになっている少女の気持ちを述べている」

本当に星は関係がないらしい。

「マザーグースって、よくわからないですね。たしか、はっきりとした作者は存在しないんですよね？」

「口誦《こうしょう》によって伝承されてきたイギリスの童謡だからな。自然発生的に生まれたものを集めて出版したのが普及のきっかけだ。日本には北原白秋《きたはらはくしゅう》が『まざあ・ぐうす』として紹介したことで広まったんだ。いやしかし、マザーグースか………」

波々壁は顎に手を当てて考え込んだ。

「波々壁主任？」

上階で、微かにカランカランという音が鳴った気がした。

「ははか」

「しっ」

波々壁は読也の口に右手の人さし指を当て、目で静かにと言った。それから、反対の手で上階を示す。読也も耳を澄ませて様子を窺《うかが》った。コツコツという足音が聞こえる。なにを言っているのかまではわからないが、話し声のようなものもする。

外から、誰かが来たようだ。

読也はごく小さな声で囁いた。

「ここ、まだ開館していないんですよね？　関係者でしょうか」

波々壁は「おそらくな」と、目でうなずいた。

「ヨミ、俺たちはたったいまこの図書館に来たばかりということにする。いいな？」

「はい」

「遺体を発見しているのに通報していないのも不自然に思われるな……。ヨミ、いまここで警察に電話して、終わったら一階に上がってきてほしい。俺は先に行く」

「わかりました」

波々壁が館長室を出ていくと、読也はその場で一一〇番に通報した。「事件ですか、事故ですか」と問われ、「ちょっとよくわかりません」などと答えたうえで、館長の遺体の様子を伝える。とりあえず現場に一番近くにいる警察官を送ると言われた。

急いで通話を終えると、読也は階段を駆け上がった。階段の陰から一階の様子を窺うと、三人の人間に事情を話す波々壁の姿が見えた。

「ああ、ヨミ。下には誰もいなかったか」

波々壁がわざとらしく声をかけてくる。読也はいままさにここへ到着し、遺体を見つけ、怪しい人物がいないかだけを簡単に見回ってきたのだという顔をして答えた。

「ええ、誰も」

波々壁は来訪者に読也を紹介した。

三人はこの図書館に勤める職員だという。

そのうちのひとり、五十代の男性副館長が、眉根を寄せながら静かに言った。

「今日、お二人がいらっしゃることは館長から聞いておりました。ですが数冊の図書を受け取るだけとのことでしたので、私は午前中はお休みをいただいていたんです」

隣に立つ三十代男性の事務職員・井口《いぐち》も、副館長の言葉にうなずく。

「司書の肥田《ひだ》さんと僕は、図書館に入れる検索機の運搬調整のために外へ出ていまして」

隣に立つ女性司書の肥田は、瞳を真っ赤にしてすすり泣いている。まだ新卒くらいの年齢だ。上司の突然の死に、動揺を隠しきれないらしい。井口が続ける。

「肥田さんとは駅で待ち合わせることにして、自宅から業者へ直行したので、僕たちも今朝は図書館に来ていないんですよ。だからなぜ館長がこんなことになったのか、誰もわからないんです」

読也は井口に訊ねた。

「この図書館の職員は館長も含めて四人だけなんですか」

「はい。開館間近になったらアルバイトスタッフを雇ってもらえるようなんですが、いまは正職員四人だけで準備を進めています」

もし物語に囚われているのが館長でないとすれば、この三人のうちの誰かがである可能性が高い。だがいまのところ、三人に不自然な点は見受けられなかった。

今度は波々壁が訊ねた。

「昨日、お帰りになる時点では館長は生きてらしたんですか」

「ええ、僕が図書館を出た午後七時すぎまでは確実に。副館長と肥田さんはそれよりも前に帰ったので、ここを出たのは館長が最後だと思います」

館長は、昨夜七時から、読也たちがやってきた今日午前十一時までの間に亡くなったらしい。

副館長が視線を遠慮がちに遺体へ向ける。

「見たところ、館長は床に後頭部を打ちつけて亡くなってしまったようですが」

「そのようですね。かなり強く打ったと思われます。ですが、なぜこんなことになってしまったのかは、警察でないと、なんとも」

「そうですよね。すでに通報してくださったとのことですから、このまま待ちましょう」

　遺体のある館内にいるのがつらいと言って、肥田が外へ出る。波々壁がその背を追うのを見て、読也も続いた。

「大丈夫ですか」

　ハンカチで口許を押さえ、入口の階段にしゃがみ込む肥田に、読也はそっと声をかけた。

「ええ、なんとか」

　それならばと、波々壁が割り込んでくる。

「大丈夫なら、ひとつ訊きたいことがあるのですが」

　波々壁は図書館の屋上に出ることはできるのかと、肥田に確認した。答えはイエスだった。星好きの副館長が、図書館が開館したあかつきには、屋上で天体観測会を開くつもりでいたという。

「それではもうひとつ。この図書館の歳出入を担当しているのは誰ですか」

「館長です」

肥田の答えを聞くと、波々壁は顎を撫でながら、しばらくなにかを考える様子を見せた。

「大変参考になりました。どうも」

そっけなく言うと、すたすたと館内に戻っていく。読也は肥田に微笑んで会釈すると、波々壁のあとを追いかけた。

波々壁は、副館長と井口にも、肥田に投げたのと同じ質問をした。返ってきた答えは当然、先ほどと同じだ。

礼を言って彼らから離れると、読也は小声で訊ねた。

「皆さんに対して行っているのは、何の確認なんですか」

「いつもと同じだ。違和感のある人間を探そうとしている。だが、今回はおかしな人間より先に、おかしなものを見つけたからな」

「おかしなもの？」

「さっき館長室で見つけた、図書館建造時の競争入札の記録だ。だから歳出入の担当者を聞いた。物語に囚われているのが誰かはまだはっきりしないが、可能性が高いのは死んだ館長か、あの三人の中なら副館長が怪しい」

「館長はわかりますけど、副館長も怪しいですか？」

読也には、副館長と井口、肥田の三人は同程度に怪しく思える。

「歳出入を担当していたのは館長だという。一番上の決裁権者も館長だ。やろうと思えば入札は館長の権限だけですべてが完了できてしまう。一職員にすぎない井口と肥田は、その内容すら知っているか怪しい。資料を目にできることがあるとすれば、副館長の職にある者くらいだ」

読也は目を丸くした。

「もしかして、入札に不正があったということですか」

「まだ断言はできないが、ここのように小規模な公共の施設に一億八千万円のステンドグラスというのは、やはり異常だ。このことについても、物語の正体がわかれば話が早いんだが。要素としては『図書館』、『ステンドグラス』、『頭部の損傷』、『吹き抜け』……このくらいか。なにか思いつくタイトルはあるか」

「えっと」

そろそろ、言わないでいるのも限界なのかもしれなかった。

波々壁はあまり物語を読まないという。だから斎田にフィクション好きのアルバイトを寄越すように依頼し、読也が採用されたらしい。だが、前回も前々回も、物語の正体に気づいたのは結局、波々壁だ。

読也はたしかに物語を愛しているが、彼の役には立てない。

読也は気持ちを落ち着かせるために、そっと息を吐いた。

それから、重い口を開く。自分で思っていたよりもずっと暗い声が出た。

「…………すみません、おれ、内容から物語の題名を挙げるなんてこと、できないんです」

波々壁は片眉をあげた。そして、いつもの無感情な声で問うてくる。

「どういう意味だ？」

「そのままの意味です。おれは毎日たくさんの物語を読みます。でも、それらの内容は、ひとつも自分の中に蓄積されないんです」

覚えられないのは、物語だけだった。伝記やノンフィクションは覚えていることができる。教科書や実用書の内容も覚えることに支障はなく、学業や一般常識に影響が出ることはない。物語であっても、読んだ物語のタイトルだけならば覚えていることができる。

だが、内容だけは、どうしても覚えていることができなかった。

だから犬の物語を挙げる流れになったときは、タイトルに「犬」のつくものを口にした。タイトルに入っていれば、それは犬の物語なのだろうと推測してのことだった。内容はもちろん、覚えていない。

「おれは、本を一冊読み、つぎの一冊を読むと、前の一冊の内容を忘れてしまうんです。最後に読んだ一冊だけはなんとか記憶に留められますが、二冊以上の内容を覚えていることはできません」

読也は物語が好きだが、それを学問や仕事にはできない。だからせめて在学中のアルバイトくらいはと考えて、山手図書館の求人に応募した。

「本当は、物語好きだから役立つだろうと思っておれを採用していたということを知ったときに言うべきでした。すみませんでした」

読也は腰を九十度に折って謝罪した。

そう、すぐに言うべきだった。読也ではなく、別の、物語の知識をきちんと持った人間が修復棟に来れば、波々壁の役に立てたのだ。

黙っていたのは、読書が好きだと公言しているくせに、自分の中に残すことができないということを伝えるのが憚られたからだった。言ってしまったら採用が取り消されてしまうのではと危惧する気持ちがあったことも、否定できない。

波々壁は、なにも言わない。

おそるおそる頭をあげた読也は、波々壁の顔に絶望の表情が浮かんでいるのを、一瞬だけ見た。

だがすぐに、波々壁はいつもの無表情に戻った。

少しの間のあと、静かに言う。

「この仕事で大切なのは、物語と現実の区別をしっかりとつけることだ。物語を読み慣れていれば要件は足りる。読也に物語の知識がなくても、構わない。謝る必要なんてない」

「はい……」

ありがとうございます、と読也は礼を言ったが、波々壁が束の間見せた表情は、強く脳裏に焼き付いた。

波々壁はきっと、読也が持っていると思っていた物語の知識に期待していたのだ。

それを裏切ってしまった。

＊

「では、あなた方が来たときには、館長はすでに亡くなっていたと」

「はい」

五分ほどで、しかめ面をした中年の男性警察官がひとり、やってきた。遺体を確認すると、彼はすぐさま応援を呼び、待つ間、全員に簡単な尋問を行った。

「まあ、血が乾いているので死後数時間以上は経っているでしょうからね。死因は転倒して床に頭を打ち、挫傷を負ったことで間違いなさそうですが」

「それにしては、傷口の損傷が激しい気がしますが」

波々壁が無感情の声で口を挟む。読也は恐ろしくてあまり遺体を見ることができなかったのだが、波々壁はしっかりと観察していたらしい。

警察官は少しだけ驚いたように波々壁を見たものの、またすぐしかめ面に戻ってうなずいた。

「おっしゃる通り。頭は骨まで砕けているようでして、まるで高いところから投身自殺を図ったかのようです」

「そんなわけが」

読也は思わず口に出していた。

円筒形のこの建物は全階が吹き抜けで、周壁に沿って設けられたスロープを螺旋《らせん》状に上がる造りだ。フロア自体は直径二十メートルはある正円で、遺体はその中央に横たわっている。一番高い位置にある四階のスロープの柵に乗って思い切り飛んだとしても、フロアの中央は十メートル先。遺体のある位置に落ちることはない。

しかし、床には遺体の頭部を中心にして血が飛び散っているので、別のところに落ちた遺体を誰かが中央まで移動させたというのも考えにくかった。

「不可解だな」

飛び散った赤黒い血液の跡を眺めながら、波々壁がいまの状況をひと言でまとめる。

読也も同意して首肯した。そう、不可解だ。

「まあ、すぐに応援が来るんで、お待ちください。くれぐれも遺体には触らないように」

警察官は、図書館から出るよう皆を促した。

波々壁は眩しそうに目を細めながら、光の射す天井を見上げた。

「後頭部の骨が砕けるほどの衝撃か……。あのステンドグラスは嵌め殺しで開かないだろうしな」

じっと天を見つめたまま、波々壁は動かなくなった。数分経ってもそのまま微動だにしないので、また具合が悪くなったのではと、読也は心配になって声をかけた。

「波々壁主任？　大丈夫ですか」

読也の疑問に、波々壁は答えなかった。天を見上げ、ずっとなにかを考え込んでいる。しばらくして顔を読也のほうへ戻したかと思うと、突然、上階へと続くスロープを歩き出した。

「ヨミ、ちょっと上まで付き合ってくれ」

「は、はい」

スロープは吹き抜けを囲む螺旋状に、一階から四階まで続いている。別の場所にエレベーターもあるが、スロープをのぼっていけば、すべての本棚の前を通ることができるようになっている。

三階の途中まであがったところで、波々壁は立ち止まった。

「この辺りの棚だな……ああ、あった」

言いながら本棚から抜き取ったのは、マザーグースを集めた大型本だった。

表紙を開くと、波々壁はものすごい勢いで頁を繰りはじめた。眼球だけを左右に動かし、機械的な速さで内容に目を通していく。

やがて静かに本を閉じると、確信したように言った。

「ここで館長になにが起きたのか、わかったかもしれない」

「本当ですか」

「ああ。物語に囚われていたのは館長ではない。彼は他者の物語に巻き込まれて死んだんだ。考えが当たっているか、上まで確かめに行こう」

四階に着く。二人は近くなった天井を見上げた。色とりどりのステンドグラスは、陽に透けて輝いている。

「このステンドグラスが、なにかおかしいんですか。値段は異常に高いですけど」

天井に一番近いこの位置から見ても、不自然な点はないように思える。

読也がもっとよく観察しようとステンドグラスに目を凝らしていると、なぜか隣で、波々壁が自身の革靴を片方脱いだ。ごみでも入ったのかと思って読也が見ていると、波々壁はいきなり手に持った革靴を天井めがけて投げつけた。

「ちょ、なにしてるんですか」

割れる。

とっさに目を瞑《つぶ》った読也だったが、聞こえてきたのはガラスの割れる音ではなかった。

ベリッ
「え」

奇妙な音におそるおそる目を開けると、ステンドグラスの端が天井から剝がれ、隙間から青空が見えていた。波々壁の靴が四階の床にぽてっと落ちる。

ステンドグラスは砕けていなかった。色の異なるガラスを継いだところが、外れるように分離している。

「あの壊れ方……ガラスじゃ、ない？」

波々壁は目を眇めて剝がれた天窓を見つめている。

「あれはアクリル板でできた偽物だ。どうりで、図書館の天窓に使うにしては光を通しすぎるわけだ」

「アクリル板なんですか。厚みもあるし、ここからじゃまったくわかりませんでした」

「俺もだ。しかし、そうだとわかって見ると光の通し方がぼんやりとして鈍い気もする。しかもあれは、杜撰《ずさん》なことに一度壊れたものをテープで補修してあるようだ」

よく見ると、外れた箇所に透明のビニールテープが確認できた。

「待ってください。じゃあ、一億八千万円の本物のステンドグラスはどこに」

「さあな。もともとそんなもの、なかったのかもしれない」

「えっ」

「それよりも、館長の死因だ。彼は屋上に行き、あのアクリル板に乗ってしまったんだろう。本物のステンドグラスほど継ぎ目が強固につくられていなかったアクリル板は、巨漢の館長の体重に耐えきれずに外れ、一階の床まで落下した。遺体があの状態になるには、これ以外に考えられない」

「なるほど。それをここまで確認にきたわけですか」

納得する読也に、波々壁は本を開いて見せた。

「この事件には少なくともあとひとり、関わっている。館長が壊したステンドグラスをテープで補修した人間がな。その人物を特定したいが、今回は本当に、物語のヒントが足りない。だが、地下で『きらきら星』と『クックロビン』の額縁が飾ってあるのを見つけた。この図書館がマザーグースの世界観の影響を受けているのはたしかなようだ。そして、館長の死に方はいまわかった。これに賭《か》けてみようと思う」

読也にも波々壁のやろうとしていることがわかった。

「マザーグースの詩の中で、こんなふうに誰かが死ぬものを探すんですね？」

「ああ。いくつか該当するものがあった」

読也は疑問に思って訊ねた。

「人の心は、詩にも囚われることがあるんですか」

「俺もはじめて見る例だ。物語性のある文章で、その人物の心が深く共鳴すれば、あり得るのかもしれない」

波々壁はマザーグースの頁を捲った。

「今回、特徴的なのは『館長が天井の穴から落ちた』という状況だ。だからこの状況に合った詩を探してみたんだが、ヨミも見てみてくれ。例えば、これだ」

おかごのばあさん
おばあさんがひとりおかごにのって、
ふらふらあがる
月よりたかく、九十倍もたかく、
どこへゆくのか、きこうにもきけず、
お手々にほうきをもって、あれあれあがる
「おばあさん、おばあさん、おばあさん、
どこへゆくの、どこへ、

そんなにたかくあァがって」

「はァやくかえってちょうだいよう」

「あい、あい。ちょっくら、いますぐだ」


円天井《まるてんじょう》のすすはきじゃ」


円天井という表現に、読也は詩と現実の一致性を感じた。だが波々壁は、この詩である可能性は低いと考えているらしい。

「館長は転落して亡くなっている。人が亡くなるというのは重要で影響の大きいできごとだ。そういう要素は、物語――今回で言えば詩の内容に含まれていることが多い。しかし、この詩はおばあさんが円天井の高いところへ上がっていく内容にはなっているが、上がる一方で落ちる描写がない。おばあさんはこの詩のあと、無事に戻ってくる可能性のほうが高い。これはちょっと違うのではないかと思うんだが」

波々壁はまた頁を捲った。

「それで、つぎはこれだ」

月の中の人

月の中の人が、
ころがっておちて、
北へゆく道で、
南へいって、
凝《こご》えた豌豆汁《えんどうじる》で、
お舌をやいてこォがした

「どう思う?」

「難しいですね。印象としては、『おかごのばあさん』が違うのなら、これも違う気がします。『おちて、』とはありますけど、そこ以外は一致しないといいますか、意味不明といいますか」

「まあ、どの詩も抽象的ではあるが、これは特によくわからないからな」

じゃあ、と言いながら、波々壁はつぎの詩を示した。

がァがァ、がちょう
がァ、がァ、がちょう、

うろついてどこいこ、
階上《かいじょう》を、下《した》を、
おくさまのへやで、
じじいにであった、
そのじじいどうした、
不信心《ぶしんじん》ないやなやつ、
そこで、そいつの左の足をすくって、
すってんころりとあがり段からころがした

読也は思わず叫んでいた。

「これじゃあ、やっぱり殺人じゃないですか」

波々壁は表情ひとつ変えなかった。

「館長が誰かに殺害されたという可能性は充分にある。物語による死であるのは確実だからな。たとえ殺害まで行かずとも、その死には必ず人の心が関係している」

読也は心を落ち着かせようと努めた。

「わかりました。覚悟はします。けれど、この詩ではないと思います。『あがり段からころがした』とありますけど、館長は転がり落ちたわけではなく、垂直落下ですから」

波々壁は当てが外れたようだった。

「俺はこの詩がもっとも状況に近かったのではと思ったんだが」

「え、そうなんですか。おれはやっぱり、いまの中だったら『おかごのばあさん』が一番近いように思います」

「詩も物語も、受ける印象が人によって大きく違うのはわかっていたが、ここまでとはな。正体を指摘する以上は、せめて俺とヨミの意見くらいは一致させたものにしたいんだが」

読也は片手を挙げて訊ねた。

「正体の指摘って、それらしいものをどんどん言ってみるのでは駄目なんですか。考えてすぎて堂々巡りになるより、試してみたほうが早い気がするんですが」

波々壁は躊躇いの表情を見せた。

「それは俺も考えたことはある。下手な鉄砲数撃ちゃ当たる、ではないがな。だが、試したことはない。人の命が関わっていると思うと、恐ろしくて実験してみる気になれないんだ」

「もし指摘が外れていたら、やっぱり危険なんでしょうか」

「わからない。人間の心が物語に囚われるという現象には、まだまだ不明なことが多いんだ。師匠が指摘を外したところは見たことがないしな。それに俺も……」

語尾が弱まっていく。読也は波々壁の顔を覗き込んだ。

「波々壁主任？」

「俺も、外したことは一度もない。………俺は、たとえ物語が終盤に差し掛かっているという感触があっても、確信を得られるまでは指摘をしない。恐ろしいんだ。外してしまって、自分のせいで状況が悪くなってしまうかもしれないことが」

「それは――仕方ないですよ」

読也は寄り添うように言った。

「波々壁主任の選択は間違っていないと思います。外したらどんなことが起こるかわからないのに、無闇に挑戦する必要はありません」

「そうだろうか」

「そうです。だから、今回も納得のいくものが見つかるまで探しましょう」

波々壁はマザーグースに目を落とした。

「だが、もうこの状況に沿ったものは見当たらない。訳の違いだろうか？」

参照している本は北原白秋訳をまとめたものだったが、館長室に飾ってあったクックロビンの一節は、この本では『こまどりのお葬式《ともらい》』として、異なる訳になっていた。

また、波々壁によれば、『月の中の人』で白秋が「北へゆく道で、南へいって、」と訳しているところは、原詩では「ノルウィッチへいく道をきいて、南へいって」となっているらしい。子どもはノルウィッチという地名を知らないだろうとして省略し、ロンドンの北であることから「北へゆく道で、南へいって、」としたという。

「しかしこうした訳の違いというのは、あくまで少々の表現の違いだけですよね。訳が異なったとしても、内容がまるきり変わることはないと思います」

「すると、マザーグースであるという仮定が、そもそも間違っているのか」

口中で小さく呟きながら思考する波々壁に、読也は自分の考えを述べた。

「ちょっと思ったんですが、マザーグースって、どれも抽象的で観念的ですよね。今回のことも、そこまで直接的に表現されていないだけということはないでしょうか」

「抽象的で観念的、か。たしかに、重要な要素は内容に含まれているという固定観念を捨てたほうがいいのかもしれない。いままではそうだったが、つぎの例では違うということもあり得るからな」

人の心が物語に囚われるという現象には、未だわからないことも多いという。決めつけるのは危険だ。

「よし、『落ちた』や『死んだ』が直接的には書かれていない詩も、もっとよく見てみるか」

波々壁は、またはじめから頁を捲っていった。

　そして、ある箇所でぴたりと手を止めた。

「あった。これじゃないか」

「本当ですか」

「ああ。『落ちた』や『死んだ』などとは一切書いていないから、さっきは素通りしてしまった詩だ。現状をそのまま表現しているわけではないという意味では、先ほど却下した『おかごのばあさん』と同じだ。だが、『抽象的で観念的』な皮肉として見ると、これほど状況に合ったものはない」

「じゃあ、その詩を指摘すれば」

　言いかけたところに、怒鳴り声が被さった。

「こらあっ。勝手になにしているんですか」

　一階から、しかめ面の警察官が怒って叫んでいる。剝がれた天窓に気づいたようだ。

「ちょうどいい」

　波々壁はそう言って手すりから乗り出すと、下に向かって訊ねた。

「すみません、屋上にあがってみたいのですが、どこから行けるかわかりますか」

「はあ？　応援が来るまでは、現場を荒らさずおとなしくしていてくださいよ」

　警察官の言うことはもっともだった。だが波々壁は引かない。むしろ、応援の警察官が到着して人数が増えれば、より融通がきかなくなってしまうと懸念しているようだった。相手がひとりなら押しやすいと思っているのだろう。

「いえ、いますぐ皆さんを館内に呼んでください。屋上で、館長になにがあったのかを明らかにしますから」

＊

渋る警察官をなんとか説得し、全員で屋上にあがる。四階から屋上へ出るための階段は狭く急で、関係者のみしか使えないようになっていた。

先頭を行く波々壁が、前を向いたまま確認してくる。

「天体観測会を望んでいたのは副館長だったな」

「はい」

「やはり、館長がこの建物を造り、副館長は設計には関与していなかったんだろう。そうでなければ、天体観測会のために一般利用客にも使いやすい階段にしていただろうから」

屋上の床はコンクリートで、中央には窪《くぼ》みがあり、そこに天窓が嵌められていた。さっきまで一億八千万円のステンドグラスだと思われていたそれは、いまは波々壁の手によってコンクリートから剝がされ、アクリル板という安価な正体を現している。

波々壁が天窓に近づいた。

「このアクリル板、一度割れたものを補修した跡があるんですよ。どなたか、その理由をご存知の方はいらっしゃいますか」

　事務員の井口が近づいて訊ねる。

「あの、それ、ガラスじゃないんですか。テープで貼ってあるように見えるんですけど。いったいどうなっているんでしょう」

「あなた方スタッフは、これをイタリア製のステンドグラスだと聞いていたんですね？」

「ええ」

「誰からですか」

　問いに、井口は困惑の表情で答える。

「誰からって……館長ですけど」

「そう、図書館側の担当としてこの図書館の設計に携わったのは館長、ステンドグラスを設置したのも館長なんです。不正を犯すことができるのも、館長以外にいない」

「え、どういうことですか」

「歳出入を担当していた館長がひとりで決裁を行い、この偽のステンドグラスを設置した。館長は歳出入を統括する自分の立場を利用して公金を使い、一億八千万円のステンドグラスを輸入する書類を偽造したんです。けれど実際にはステンドグラスなど輸入していない。施工には安価なアクリル板を使い、予算と実費の差額を自分のものにしたんだ。天窓は至近距離で見ることはないから、ガラスとアクリル板の違いに気づく人間はいないと考えた。しかし予想外の展開が起きた」

言いながら、波々壁は副館長に一歩ずつ近づいた。そして顔がつくほどにぴたりと寄ると、静かに指摘した。

「あなたが、屋上で天体観測会を行いたいと言い出したんです。あなたは準備のために屋上へあがり、ステンドグラスに違和感を抱いた。不審に思って資料を調べるうち、館長の不正に気づいてしまったんですね。そして昨夜、彼を問い詰めた」

副館長の顔が見る間に青くなっていく。

「問い詰めたなんて、そんな……。私は……私はただ、不正をしたのかと、問いかけただけだ」

波々壁は副館長にくるりと背を向け無視すると、無感情の声で言った。

一文なしの文三郎《もんさぶろう》、文三郎をさらおうとどろぼうどもがやってきた。

にげた、にげた、烟突《えんとつ》の素頂辺《すてっぺん》へ攀《よ》じてった。

しめた、しめた、しめたとどろぼうどもがおっかけた。

それをみて文三郎、そろっとむこうへにげおりた。

こうなりゃみつかるまい。

かけた、かけた、十五日に十四マイル、
それで、ふりむいたが、もうだァれもみえなんだ。

感情のない顔で淡々と口にされるその内容に、読也は不気味さを感じた。

副館長が唇を震わせる。

「なんなんだ、いったい」

「あなたが囚われている物語を指摘しましょう、マザーグースの『文なし』だ」

瞬間、副館長は昏倒《こんとう》した。

波々壁が倒れる肩を支える。読也も駆け寄って手伝い、慎重にコンクリートの上に寝かせた。

「よかった、合っていたみたいですね」

「ああ。直接的な表現はないが、これが状況にもっとも合う詩だ。マザーグースが正体というところからして半分は賭けだったが、正解したようだ」

一連の流れをそばで目《ま》のあたりにした警察官が、わけがわからないといった様子で訊ねてくる。

「彼はどうしたんですか」

「事実を告げられ、ショックで倒れたようです」

「事実？　さっきの、よくわからない詩のようなものがですか」

　波々壁はうなずいた。

「俺が口にしたのは、北原白秋訳のマザーグースです。詩の中の『文三郎』は館長、『どろぼう』は副館長にあてはまります」

　警察官は眉間にしわを寄せた。波々壁がなにを言っているのか、さっぱりわからないという表情だった。

　波々壁は副館長のそばにしゃがむと、左手をとって脈を測った。衰弱が激しいようだが、助かる余地はあるという。読也は急いで救急車を呼んだ。

　副館長のネクタイを緩めて楽にしてやりながら、波々壁が説明する。

「一文なしの文三郎――金に困っていた館長は、不正を犯して金を手に入れました。そして副館長に知られ、脅迫された館長は、詩の通り、にげた、にげた、この図書館の屋上まで逃げたんです」

「脅迫、ですか」

「詩の通りなら、副館長は『どろぼう』ですから。大方、館長を脅して、不正で得た金の一部を渡すようにとでも要求したのでしょう」

　詩とのリンクから推測を口にした波々壁は、警察官に断りを入れた。

「これはあくまで俺の想像ですから、詳しくは警察で捜査して裏づけを取ってください」

「当然です。こっちはあなたが何の話をしているのか、あんまりよくわかっていないんですから」

警察官がうなずくのを見て、波々壁は「では」と続けた。

「屋上まで逃げた館長は、追ってきた副館長から姿を隠すため、天窓の嵌められた窪みのところに身を隠そうと『そろっとむこうへにげおりた』。ですが、ガラスよりも耐久性のないアクリル板は館長の体重に耐えられずに接合部分が割れ、館長は一階の床まで落下し死亡してしまったんです。死んでしまったのだから、『こうなりゃみつかるまい』、というわけです」

童話のような詩と、現実のリンクが、読也には残酷に思えた。マザーグース的な皮肉を感じる。

「副館長は、自身が無理に追いかけたことで館長を死なせてしまった罪悪感と、これからオープンする図書館の不祥事を隠そうという思いから、アクリル板を透明なテープで補修し、窓枠に戻したんです」

読也は、肩の力が抜けていくのを感じた。

「じゃあ、とっくに詩は終わっていたんですね」

「ああ。館長が死亡した時点でな」

『黒衣聖母』のときのシスターは、物語の終了と同時に息を引き取った。それを思えば、副館長にまだ息があるのは奇跡だ。

「だからなかなかヒントを摑めなくて、こんなに苦労したんですね」

波々壁はうなずいた。

「終わっているものの筋書きは追えないからな。詩というのが初めてで、要領が摑めなかったというのもあるが。事務室や館長室にマザーグースが飾ってなかったら、いつまでも辿り着けなかっただろう」

読也は血の気のない副館長の顔を見つめた。

「副館長が館長を脅迫してしまったのは、物語に囚われてしまったせいなんですよね。心神喪失状態での脅迫なら、彼に罪はないのでは」

「副館長が心身のコントロールが難しい状態であったのはたしかだ。だが、物語は積極的に人間を虜《とりこ》にしようとしているわけではない。ただそこに存在しているだけだ。物語に魅了され犯罪を起こしたなら、それはもともと心に犯罪の芽を持っていたということだ。その結果が本人に付いてくるのは当然だと、俺は思う」

波々壁は感情のない瞳で副館長を見た。

「彼以外の『どろぼう』にも、じき捜査の手は伸びるだろう」

読也は目を見張った。

「ほかにも館長を脅していた人がいるんですか」

「詩は『どろぼうども』と複数形で言っているから、おそらくな。少なくともこの建物を施工した人間は、これがアクリル板であることを知っている。決裁書類上は高価なステンドグラスになっていることに気づけば、脅迫する可能性は充分にある」

「その人たちも、物語に囚われて？」

「いや、複数人が同時に同じ物語に囚われるなんて偶然は、ほとんど起こり得ないだろう。ほかのやつらは、単に金に目が眩《くら》んだだけだろうと思う」

だが念のためにと、波々壁は警察官に教示した。

「副館長を脅迫したという人物がほかにも捕まり、様子がおかしいようなら、その人物に向かってこう指摘してください。『あなたの心が囚われているのは［文なし］だ』と」

警察官は、わざとらしく肩をすくめてみせた。

「さっぱり状況が摑めないんですが、わかりましたよ。一応、取り調べを行う署員に引き継いでおきます」

下階から応援のパトカーと、先ほど読也が呼んだ救急車のやってくる音が聞こえた。

「とにかく、皆様には署に移動していただいて、お話を聞かせていただきます。指紋の採取などにもご協力いただきます」

警察官の言葉に、波々壁は困ったように眉を下げ、読也に小声で囁いた。

「ちょっと本を返しに来るつもりだったのが、すっかり長丁場になってしまったな。今日はもう、あまり修復の時間は取れそうにない」
＊

館長は、暗闇の中を必死に走り続けていた。

「はあっ、はあっ、はあっ」

荒れた自分の息だけが響いている。周りには闇の黒しかない。どのくらい進んでいるのかもわからないまま、ただひたすらに前へと足を動かす。

「はあっ、はあっ、はあっ」

無限に思える時間の中、ずっと走り続けた。

かけた、かけた、かけた、十五日に十四マイル、

――そしてとうとう、館長は足を止めた。

はた、と気づく。

自分はどうして走っているのだろう。

なにから逃げていたのだっけ。

それで、ふりむいたが、もうだァれもみえなんだ。

三話め　『文なし』（マザーグース／北原白秋訳）

第四話　弾劾

「それでは、お元気で。お世話になりました」

師匠のルーカスに向かって、波々壁は深々とお辞儀をした。頭をあげると、ルーカスは寂しそうに微笑んでいる。

「とうとう行ってしまうんだな」

奥の作業台にいた、師匠の共同経営者であるハンスが苦笑した。

「ルーカス、ハハカベを困らせるな。日本で図書修復の仕事を得られる機会なんて滅多にないんだろう？」

「はい、今回は運良く紹介してもらえまして」

日本ではそもそも、図書修復を専門にしている人間がほとんどいない。図書を修理し、対価として給料を得られるなんていう話は、これを逃したらおそらく一生つかめない。

だから、波々壁は帰国を決意した。

「本音を言えばあと十年はここで修行したかったのですが、貴重なチャンスですから、なんとかやってみようと思います。教えていただいたレストラション・ド・リーヴル《本の修復》

の技術を使って、一冊でも多くの図書を次世代へ繋いでゆけるよう精進します」

波々壁が力強く言って見せると、ルーカスは何度もうなずいた。

「そうだな、ハハカベなら心配いらない。私の持つ技術はこの六年間、みっちり教え込んだのだから。もしジュネーヴに来ることがあったら、絶対に工房にも寄るように。日本で出会った修復例について、技術的な議論をしようじゃないか」

「はい」

ルーカスやハンスと強く抱き合い、にっこりと笑って、波々壁はスイスを去った。


――ああ、これは夢だ。過去の夢。

夢を夢だと認識できることはほとんどない。だがここのところずっと、起きていても夢の中にいるような心地でいるから、「起きて見る夢」と「寝て見る夢」の違いくらいはわかるようになっていた。

いま見ているのは、「寝て見る夢」。

最近は、「寝て見る夢」のほうがはっきりとした輪郭を持つようになってきてしまっている。それだけ、現実の意識が曖昧になってしまっている。

引越したばかりの家で、真新しいテーブルにつく。

「おまえと同じ地に揃うのは久しぶりだな」

どこからか嬉しそうな声が聞こえてくる。ひどい別れ方をしてから会っていない、父親の声だ。輸入商品の販売会社を経営する父は各国を転々としていて、波々壁がスイスに留学へ出てからは一緒にいられる時間はほとんどなかった。母は亡くなっており、家族は父子二人だけだった。父も最初は共に暮らせることを喜んでくれていた。だが、横浜で過ごした日々は、結局、たった半年ほどで終わってしまった。

波々壁が、自分で壊したのだった。

はっとなって目を開く。薄ぼんやりとした暗闇が広がっている。山手町の実家ではなく、山手図書館の修復棟だと、かろうじて認識できる。作業デスクに突っ伏したままの格好だった。身体中が冷たい汗に濡《ぬ》れていた。

波々壁は修復棟の奥にある洗面台に立つと、顔を洗ってタオルでごしごしと強く拭いた。時計を見ると、深夜二時だった。修復に没頭し、いつの間にか寝ていたらしい。どうしたって冴《さ》えない頭を無理やり現実に引き戻し、再び作業デスクに座った。ライトの位置を調整して、修復作業へ戻る。

いま修復しているのは、ハードカバーの私製本だった。中堅《けんろう》メーカーの創業者がつくった自伝で、布張り糸綴じの豪華な装丁だ。糸綴じは堅牢で開きやすいので、つくりにこだわる人に好まれる。

現代では、糸綴じの本が出版されることはほとんどない。ハードカバーの本は、四枚十六ページを一折とする折丁を見返し紙でまとめて寒冷紗を貼り、表紙で包む「くるみ製本」という方式で作成されることが多い。波々壁が修復を依頼されるのも、糸綴じのものよりはくるみ製本の図書が圧倒的に多かった。

普段手にしているものとは異なるつくりの図書であるため、修復に入る前の観察をいつもより時間をかけて行う。自伝は、綴じの糸が切れ、折丁が外れていた。

波々壁はまず、見返しと本体部分を慎重に剝がし、解体した。切れてしまっているもとの糸を慎重に本体部分から取り除き、ほかの糸も確認する。古く劣化していたので、すべて先の細い精密はさみで切った。

折丁ごとにばらばらにし、変色した接着剤を少しずつ綺麗に取り除く。再びまとめ、厚紙で挟んでクリップで上下を固定した。それを押さえながら、曲げた長針を使って折丁にぐるぐると通すように縫い、しっかりと綴じる。リンクステッチという、図書の修復でよく採用される縫い方だ。そしていつものように、大きさを合わせて切った寒冷紗にでんぷん糊をつけ、本体部分に貼りなおす。

つぎにクラフト紙を切り、三つ折りにして本の背幅と同じ大きさの筒をつくった。背表紙を支えるクータだ。形を整え、水で溶いたでんぷん糊を本文の背に塗り、クータを貼る。背表紙に糊をつけて合体させ、見返しも戻す。厚紙で保護してプレス機に挟めば、修復完了だ。

どの損傷にどんな技で修復をかければいいのか、身体に染み込んでいる。無心で手を動かしている間、修復作業に対してだけは、意識が正常に働いているような気がした。自分を保つため、波々壁はひたすら修復に没頭した。特に夜は、修復をしていないと落ち着かなくなる。自分で自分がコントロールできなくなるようで、また周囲に迷惑をかけるのではないかと思うと怖かった。

＊

朝十時。

修復棟に出勤した読也は、身体を強《こわ》ばらせたまま、数秒固まった。

床に、波々壁がうつ伏せで倒れている。

「波々壁主任！」

前に一度倒れてから、こういうことがたびたびあった。読也は駆け寄って波々壁の身体を仰《あお》向けに戻した。息があるとわかり、ひとまず安堵する。

作業デスクの後ろにある三人掛けソファの上に積まれた資料や段ボールを急いでどけ、波々壁の肩を担いで運び、そっと寝かせた。はじめは倒れるたびに救急車を呼んでいたが、波々壁に不要と言われてからは呼吸の確認だけを行い、こうして起きるのを待つことにしている。だいたいは一時間もすれば意識を取り戻すのだが、波々壁が目を開くまではずっと不安だ。

読也は修復棟の片づけをしながら波々壁が起きるのを待った。

ピチュピチュと囀るカナリアにおやつの小松菜を与える。水を替え、首のあたりを掻いてやると、目を細めて喜んだ。棚の整理をし、不要な段ボール箱を畳んで運び出し、床を拭いた。

だが、一時間、二時間が経ち、昼をすぎ、午後になっても、波々壁は眠ったままだった。

読也はその間、何度も呼吸を確認した。正常に息をしており、ただ眠っているだけのように見える。しかしこうして何度も意識を失って倒れ、なかなか目を覚まさないでいるのを見ていると、どうしようもなく心配になってくる。

「さすがに……おかしいよな」

読也の中で、ある仮説が生まれていた。

物語の内容を覚えることができないと告白したときに波々壁が見せた表情。なぜ彼はあんなにも絶望したのか。そもそも、なぜ物語に詳しい人物を欲しがったのか。

「ヨミ……？」

ふっと、波々壁がまぶたを開いた。

「目覚めましたか。気分はどうですか」

上半身を起こした波々壁に、読也は水の入ったペットボトルを渡した。それをゆっくりひと口飲むと、波々壁はほうっと息を吐いた。

「大丈夫ですか」

「ああ」

答える波々壁の瞳はぼんやりとしている。出会ったときから表情の乏しい人だと思ってはいたが、最近はますます顔に動きがなくなってきている気がしていた。

読也は波々壁の前に膝をついて目を合わせると、ずっと思っていたことを、とうとう確認した。

「主任。もしかしてあなたは——あなた自身が、物語に囚われているのではないですか」

波々壁ははっと目を見開いた。瞳孔の奥に、ほんのわずかだが光が戻る。

「そうなんですね？」

いまその事実に気がついたと言わんばかりに、波々壁は何度もうなずいた。

「……そうだ、俺は……そうなんだ。ヨミに言われるまで、なぜか声に出して助けを求めることもできなかった。いや、助けを求めようという発想も浮かばなかった」

波々壁は自身の両手を不思議そうに眺めている。

「最近は特に、うまく自分の身体を動かせないんだ。夢の中にいるように意識がぼんやりとして、現実をうまく認識できない。意識が——心が、どこか別の場所にある気がする」

「物語に囚われたのは、おれに出会う前ですか」

波々壁は首肯した。

「一年前、修業先のスイスから帰国して、修復棟で働き出した頃だ。俺は貪るように本を読んだ。そう、いま思い出したんだが、かつては俺も物語を普通に読んでいたんだ。向こうではなかなか日本語に触れる機会がなかったから、むしろ物語に飢えていた。だが、心を囚われてからは物語を受け付けなくなって、一冊も読んでいない」

波々壁が物語を読まないと言っていたのはそういうわけだったのかと、読也は納得した。読まないと言っていたわりには物語の知識があり、『黒衣聖母』や『青い石とメダル』を指摘できたのを、ずっと不思議に思っていたのだ。

「しばらく前までは、もう少しましに動けていた気がする。でも自分自身では、自分が囚われている物語を客観的に考えることができなくて、正体を摑むことができなかった。……そう、それで、俺の心が囚われている物語の正体を指摘してもらおうと、そう斎田さんに物語に詳しい人材をアルバイトとして雇ってもらったんだ。そうだ、そうだった」

波々壁は虚ろな瞳で読也を見た。瞳孔の奥のわずかな光が、なにかに抗うようにちろちろと揺れている。それは、いまにも消えてしまいそうな弱々しさだった。

「大丈夫ですか」

「ああ。人にはそれぞれ自分だけの物語があるから、簡単に全部を物語に囚われたりはしない……」

口では強がっているが、波々壁の声に覇気はない。

「ヨミ、頼む」

波々壁がこちらに腕を伸ばしてくる。

「俺が囚われている物語を見つけてくれないか」

読也が物語の内容を記憶できないことを、波々壁はすでに知っている。それでも、すがるように頼んでくる。

波々壁が頼める相手は、読也しかいないのだ。

そう悟ると、読也は反射的にうなずいていた。自分に物語の知識がまったくないことは、もちろん承知のうえだった。

「待っていてください。おれ、すぐにでも図書館に行ってきます」

エプロンを脱ぎ、読也は急いで修復棟を出た。

＊

波々壁は日本語の本を貪《むさぼ》り読んだというから、囚われているのは日本の物語なのだろう。

そう考えた読也は、ヨーロッパ文学の蔵書に特化した山手図書館本館よりも和製物語の蔵書が多いだろうと、大学の図書館へやってきた。

二つ以上の物語を覚えられない読也は、頭の中でいくら記憶を探っても、波々壁が囚われている物語の正体は得られない。できるのは、この世にある物語をひとつずつ順に確かめていくことだけだった。

大学図書館の物語が並ぶ棚は、大きく「世界文学」と「日本文学」にわかれている。迷わず「日本文学」のエリアへ向かい、五十音順のあ行の棚から作業をはじめた。

図書館にある文学の本だけでも、眩暈《めまい》がするくらいの量があった。読也の読書ペースでは、開館から閉館まで読み漁っても、一日二十冊前後が限界だ。すべて確認を終えるのに、いったい何日かかるだろうか。その間にも、波々壁はどんどん衰弱してしまう。読也は焦っていた。

気持ちが折れそうになるので、図書館に何万冊あるのかを具体的に確認するのはやめた。それらをすべて読んでも正解の物語が含まれていないかもしれないということも、いまは考えないことにする。

読也は集中して、つぎつぎに物語を読んでいった。

しかし四時間経っても、あ行の棚すら終わらなかった。

「うわ、せっかくの夏休みなのに、なにやってんの？　まさか、レポートの再提出？」

憐《あわ》れむような声が頭上から降ってきた。顔をあげると、千都生がいた。

「千都生……」

すがるような声が出た。

そうだ、救世主がここにいた。

ひとりでは無理でも、自分と同じように物語に親しみ、自分とは違って読んだ物語を記憶に蓄積していける千都生なら、波々壁を救うことができるかもしれない。

読也の表情を見てとった千都生は、面倒なものに触れてしまったと、あからさまに嫌な顔をした。だがいまは、そんなことを気にしている場合ではない。

「お願いだ千都生、波々壁主任を助けてくれ」

立ち上がって懇願すると、千都生は一歩引いた。

「ちょっと、いきなり泣きそうな顔しないでよ。……って、本当に泣かないで。わたしが泣かせているみたいじゃない」

千都生は珍しく焦ったような声を出した。周囲の視線が集まる。千都生は読也の見ていた本を奪って返却台に置くと、腕を引っ張るようにして図書館の外に連れ出した。

読也はそのまま木陰のベンチに移動させられ、座らされた。

「で、波々壁主任って誰？　しょうがないから話くらいは聞いてあげる」

腕を組んで読也の前に仁王立ちする千都生の姿は、途方に暮れていた読也の目には、ものすごく頼もしく映った。

読也は山手図書館の修復棟でアルバイトをしていること、そこの管理主任が波々壁という修復師であること、物語に心を囚われているが自分の力では助けられないことを説明した。物語が好きなのに物語が自分の中に残らないというコンプレックスを、文学好きの同志である千都生にだけはどうしても言えず、そこだけは曖昧にしたまま。

千都生は、読也の中に言えないことがあるのを見抜いているようだったが、そこには深く触れなかった。

「要するにわたしは、その波々壁さんっていう人がどの物語に沿って動かされているかを見極めて、タイトルを当てればいいわけね」

読也は首肯した。

「いいわよ、別に。協力しても」

「本当に？」

顔をあげた読也の前に、千都生はピースサインをつくってずいっと突き出した。

「瑠璃亭《るりてい》のランチ二回」

瑠璃亭というのは、表通りにある人気の高級レストランだ。ディナーは高すぎて行けたものではないが、ランチならば金欠の大学生でも、バイトを増やしてどうにかすればいけなくもない。ランチ、と言ったのは千都生の温情だろう。二回というのは鬼畜だが。

しかし途方に暮れていた読也には、金のことなどまったく気にならなかった。ただただ、千都生が希望の光のように輝いて見える。

「ありがとう、千都生」

礼を言うと、千都生は面食らった様子で、照れたように頬を掻いた。感謝されることに慣れていないらしい。

千都生は照れをごまかすように咳払《せきばら》いした。

「それで、波々壁さんにはどういう事象が起こっているわけ？　ヨミの話からすると、
その人の身に起きている『要素』を確認したうえで、それと繋がりのある物語を探す
のが手っ取り早いんでしょう？」

「あ、えっと」

そういえば、波々壁がどんな目に遭っているのか、読也はいまいち把握していない。

「そこを整理してからじゃないと、やみくもに物語を読むだけになるんじゃないの？」

千都生は呆れた目で読也を見た。

「たしかに、その通りです……」

どうやら自分は焦りすぎていたらしいと、読也は反省した。

とにかく波々壁に話を聞こうと、読也は千都生を連れて山手図書館へと戻った。

修復棟に足を踏み入れた千都生は、眉間にしわを寄せ、開口一番に言った。

「聞いていた話と違う」

「え、なにが」

「カナリアの囀る声が聞こえるんだけど。波々壁さん、ここにいるのよね？」

言われて首を傾げた読也は、ややあと、ようやく気づいた。

「本当だ、おかしい」

物語に囚われている波々壁と同じ空間内にいるのだから、本来ならカナリアは、異常を察知して鳴くのを止めているはずだ。だが彼はいつものように明るい囀りを流している。ここでカナリアが鳴いていることが当たり前になりすぎていて、まったく気づかなかった。

積み重なった段ボールの森を縫って進むと、波々壁は作業デスクの後ろのソファに、午前中と変わらぬ格好のまま横になっていた。

「ヨミ……？」

気配に気づき、波々壁が起きあがる。波々壁と目線が合うと、千都生は軽く会釈した。

「はじめまして、時田千都生といいます。波々壁さんの物語を見つけにきました」

「俺の……?」

読也は努めて明るい声を出した。

「強力な助っ人ですよ。千都生は文学部だし、物語が好きでいつもいろいろな本を読んでいるんです」

言いながら、読也は改めて自分が情けなくなった。修復棟に採用されたのは読也なのに、千都生に頼らなければ波々壁を救うこともできない。本当に役立たずだ。

千都生はソファーのそばにそっとしゃがんだ。

「話はヨミから聞きました。あなたの心が囚われている物語を指摘するには、あなたの身の回りに起きた事象を知らなければいけないと。ご自分が物語に囚われたと思う以降に起きたこと、順に教えてもらえますか」

波々壁は機械のようにぎこちなくうなずいた。

「スイスから帰国した、一年前のことだ。それまでは意識もはっきりとしていたから、物語に囚われたのは帰国後だというのは間違いない」

長くなりそうなので、読也と千都生は丸椅子を持ってきて波々壁の近くに座った。

「日本に帰ってきて、俺は貪るように物語を読んだ。向こうでは日本語の本がなかなか手に入らないから、帰国後は毎日書店に行っては大量に買い込んできて読むという日々を続けていたんだ。その中のどれに囚われたのかはわからない。しばらくは、自分が物語に囚われていることにすら気づいていなかったんだ。だが、だんだんと自分の言動をコントロールするのが難しくなっていって……父は俺から逃げるように家を出て、その後、フランスへ転勤した」

「お父様と住んでいたんですか」

「帰国してすぐは、実家に。父は輸入商で、数年ごとにいろいろな国を転々としていた。実家といっても俺が生まれ育った家ではなくて、父が数年前、日本勤務になった際に購入した中古の物件だ。はじめは父ひとりで住んでいた家に、帰国した俺が合流する形で一緒に住みはじめたんだ。だが、半年も保たなかった。俺が家族を壊した。父がフランスへ行ったあとは俺も実家には帰らず、ほとんどここで寝泊まりしている」

「こ、ここに住んでいたんですか!?」

読也は驚いて声をあげた。この、段ボールが大量に積み重ねられた黴《かび》っぽい空間で人間が生活できるものなのかと、にわかには信じられない気持ちだった。読也が採用されて掃除するようになってからは幾分かましになったはずだが、それでも依然として生活ができるような場所ではない。

しばらくなにかを考えていた千都生が口を開いた。

「そのご実家というのは、どこにあるんですか。ご実家から仕事に通われていたんですから、ここから行ける距離ですよね？」

「同じ山手町内だ。歩いて十五分ほどのところにある」

読也は言った。

「近いですね。帰国して読んだ本もそこにあるのなら、行って確認する価値はあるかもしれません」

話を聞く限り、物語の要素は実家にあるように思えた。「実家」、「父」、「仲違《なかたが》い」などの単語が頭に浮かぶ。

「そうね」

千都生も賛同して立ち上がり、波々壁の腕をとった。

「歩けますか」

「え、これからすぐ行くのか」

面食らう読也を無視して、千都生は波々壁の腕を引っ張る。

「つらいようでしたら担ぎますけど」

波々壁も驚いた様子で千都生を見た。

「きみは……頼もしい助っ人だな。もしかしたら本当に物語から自由になれるんじゃないかと思えてくる」

「本当もなにも、そのためにわたしもヨミも動いてるんですよ。早いほうがいいんでしょう？　ほら、ヨミも準備して」

千都生《せ》に急き立てられるようにして、読也と波々壁は立ち上がった。

＊

波々壁の言った通り、歩いて十五分ほどで二階建の一軒家に到着した。

「こんな近くに、ご実家があったんですね」

白亜の壁の立派な洋館だったが、たしかに人の住んでいる気配はない。

波々壁の持つ鍵で玄関から入る。中は6ＬＤＫの広さがあり、調度品も立派なものが揃えられていた。ここに住まず、修復棟で暮らしているというのは、じつにもったいない気がする。

とはいえ、家の中は全体的に物が少なかった。波々壁の父親は転勤が多く、ここにも長くは住んでいなかったためだろう。

その中で、本棚だけは充実していた。階段をあがってすぐのところに、ドアのある面を除く三方の壁がすべて本棚になっている十畳ほどの部屋があった。スイスから帰国後に買い揃えたものなのだろう。

「この家の本は、ここにあるもので全部ですか」

読也が訊ねると、波々壁は首肯した。

千都生はすべての本棚を上から下までひと通り眺めてから、読也に向かって、また呆れた様子で言った。

「大学図書館の本を無闇に読むより、まずここを確認したほうが効率的だったんじゃないの？」

「いや、本当、その通り……」

小さくなりながら、読也は本棚のラインナップに目を通した。

「あれ？　翻訳物もたくさんありますね」

日本語の本と聞いて和製の物語ばかりを確認していた読也は、自分が勘違いをしていたことに気づいた。波々壁は、スイスで日本語に触れる機会が少なく、日本語に飢えていたと言っただけだ。外国の物語でも、翻訳されてしまえば日本語の物語には違いない。

まだすべてに目を通さぬうちに、千都生が確信的に言った。

「わたし、波々壁さんの心が囚われている物語の特徴、だいたいの検討がついたわよ。きっと、すぐにその正体も見つけられる」

「え」

あまりにもあっさりと言うので読也は目を見開いたが、波々壁も相当に驚いたようだ。

「本当か」

「波々壁さんがお父様と不和になったのは、物語のせいで自分の言動がコントロールしにくくなったせいなんですよね？」

「ああ」

「でも、ヨミとはうまくやっていますよね。山手図書館の人たちとも、なんら問題なく働けているんでしょう？　わたしだって初対面だけど、べつに波々壁さんの言動に嫌悪感を抱いたりはしていません。けれど、お父様は耐えきれず出ていくほどだった。お父様に対してだけ、波々壁さんは言動をコントロールできなくなっている。だから、そういう内容の物語が正体なんじゃないのかと思うんですけど」

「父親との関係が壊れる物語……」

「そういうものを読んだ心当たり、ありません？」

波々壁は眉間に指を当てた。必死に記憶を探っているようだが、うまくいかないらしい。

「駄目だ。物語に囚われてから、思考の動きが鈍いんだ。最近は特にひどくなっていて、自力で思い出すのはとてもじゃないが無理だ」

普通、人は自分自身の物語だけを歩んでいる。しかし波々壁は物語に囚われてからずっと、「自分の物語」と「心が囚われている物語」、そしてカナリアが囀るのを止めるたび「心が囚われてしまった誰かの物語」を、同時並行的に追ってきたのだ。脳の容量が限界に達しているのだろう。処理能力が鈍くなるのも当然だった。

なにかのヒントになればと、読也は訊ねた。

「お父様とは、どんなふうに仲違いしてしまったんですか」

「父は、俺に会社を継がせたいと考えていた。俺も継ぐつもりだった。スイスへは、はじめは経済の知識を得るために留学したんだ。でも俺はレストラション・ド・リーヴルに出会って夢中になり、父に内緒で師匠に弟子入りした。俺はそれまでに学んだことをすべて捨て、六年間、修復の技術を向上させることだけに心を砕いた。帰国してからも、同居していながら山手図書館の修復師になったことを隠していた」

波々壁は声を詰まらせた。

「……………隠せていると思っていたのは、俺だけだったんだ。父は知っていた。それである日、口論になった。修復に夢中になりながら父をうまく騙《だま》せている気になっていた俺が、我慢ならなかったんだと思う」

波々壁は図書を修復するのが本当に好きなのだと、読也は知っている。いつも壊れた図書を眺め、どのようにすればもっとも綺麗に戻せるかを考えている。言動は一見、冷たいように思えるが、物語に囚われた人間がいれば助けようと動く。図書を直すだけではなく、人と物語との関係をも修復したいと腐心する。

波々壁には、図書の修復をする自分を否定してほしくはない。

「波々壁主任は本当に、図書の修復に夢中になったことが父子の関係を壊したと思っているんですか」

そんなはずがない。図書の修復に夢中になったこと自体は悪ではないはずだ。ただ少し、行き違いがあっただけ。読也は波々壁に、そうだと気づいて欲しかった。

だが波々壁が見せた表情は、絶望だった。

「それは、俺に溺死《できし》せよということか」

「えっ」

言うやいなや、波々壁は階段を尋常ではないスピードで駆け下りていった。玄関をバンと勢いよく開けて飛び出し、門を抜け、敷地の外に駆けていく。

「波々壁主任！」

なにかを間違えた。読也は呆然として、駆けゆく波々壁を見送った。

読也の脇を千都生がすばやくすり抜ける。

「ヨミ！　ぼうっとしてないで追いかける！」

はっとなった。そうだ、行かねば。波々壁の発した溺死という単語が、嫌な予感となって襲いかかってくる。

二人が門を出ると、波々壁はちょうど三十メートルほど先の角を曲がるところだった。

「あっちだ」

必死に足を動かしながら読也は口を開いた。

「どうして主任は溺死だなんて言い出したんだろう。おれはそんなこと言っていないのに」

千都生が小さく呟く。

「わたしは、あれではっきり判別できた」

「え？」

「帰国してから乱読したっていうから日本の物語ばっかり考えていたんだけど、違ったようね」

どうやら千都生も、読也と同じ勘違いを経たらしい。

「――カフカの『判決』よ。父から譲り受けた商売を成功させ、金持ちの家庭の娘との結婚を控えた主人公のゲオルクは、遠くロシアにいる友人に手紙で結婚を伝えるかどうか迷う。友人は孤独で病気も進行していて、商売もゆきづまっている。だから自分の幸せを伝えるのを躊躇っている。それでも手紙を書き、暗い部屋にいる父親に友人のことを相談しに行く。母親が亡くなってから元気を失った父親は、ゲオルクに向かって『そのペテルスブルクの友だちというのは、ほんとうにいるのかね？』と訊ねる。ゲオルクは父親をベッドに押し込もうとするんだけど、もう力を持っていないと思い込んでいた父は突然立ち上がり、逆襲する。『今ではお前は、わしを押えつけたと思っている。完全に押えつけたので、父親を尻の下にしくことができるし、父親は動けない、と思っている。それでお前さんは結婚する決心をしたのだ！』ってね。そして、ゲオルクに向かって溺死せよと宣告する。ゲオルクは橋の欄干から飛び降りて死ぬ」

読也は息を呑んだ。

「おれは波々壁主任の父親じゃない。溺死を宣告してもいない」

波々壁の中で、勝手にストーリーが進行している感がある。

これが、心を物語に囚われるということなのか。

いままでに出会ってきた人物たちとは、それまで面識がなかった。どんな人間なのかも、それまでにどんなことがあったかも知らなかった。だから、言動がその人自身のものなのか、物語に囚われていることによるのかを意識することもなかった。

だが、波々壁の言動はあきらかにおかしいとわかる。まだたった数か月間だが、一緒にいたのだからわかる。あれは波々壁の意思ではない。

物語に囚われると行動にここまで影響が出てしまうのかと、読也はそら恐ろしくなった。

波々壁は港の見える丘公園の脇にある谷戸坂《やとざか》を駆け下り、駅のほうへ向かっていく。

読也と千都生は、前へつんのめりそうになりながらも必死に追いかけた。

「確認なんだけど、カフカの『判決』では、主人公ゲオルクは最後に死ぬんだよな?」

訊ねると、千都生は前を見つめたまま軽く顎を引いた。

「橋の欄干から飛び降りてね」

読也は唇を引き結んだ。このままストーリーが進行すれば、波々壁も確実に死ぬ。

当然ながら『判決』の物語も、読也の記憶にはない。カフカのタイトルで覚えているのは『変身』と『城』くらいなので、そもそもが読んでいないのかもしれなかった。『判決』についてはいま千都生から聞いただけの知識しかないが、結末に少し突飛な印象を受けた。

「ゲオルクの父親は、なぜ溺死を命じたんだ? 息子に死ぬことを要求するのには、相当な理由があるように思うんだけど」

この質問に、千都生は困ったような表情を見せた。

「抽象的なところのある話だから、難しいわね。この話に限らず、カフカの書くものはたいていそうなんだけど。だから解釈も山のようにある」

前置きしてから、千都生は慎重に言った。

「文面からそのまま読めば、ゲオルクが友人を見下して蔑《ないがし》ろにしていること、父親の商売を奪って自分が成功させたと慢心していること、母親の死から早々に立ち直って婚約したことを非難しているととれるんじゃないかしら」

読也には、どれも死を命じるほどの理由にはならないように思えた。読也の気持ちを読み取ったのか、千都生は補足する。

「この物語は、作者であるカフカが『商売』『結婚』『家族』『友情』のバランスについて思考するためのものだったんじゃないかと語られることがあるの。たしかに一読するだけでも、ゲオルクの態度は自己中心的に見えるのよね。カフカは、商売を成功させ、金持ちの家庭の娘と結婚して社会的地位を上昇させていくこと――『商売』『結婚』に重きを置くことが、一方で『家族』『友情』を蔑ろにすることに繋がるのではないかと苦悩していたんじゃないかしら。父親がゲオルクを責める物語を書くことで、カフカは自問自答していたんじゃないかと思う」

走って息があがっている状態でなければ、読也はため息を吐いていただろう。

「波々壁主任は、修復師という自分の夢を見つけたのにそれを言い出せなかったことを、ゲオルクに重ねたのか」

「波々壁さんのお父様は、会社を継がせるためにわざわざ息子をスイスにまで行かせたんでしょう？　波々壁さんには、修復師の道を選んだことが裏切りになるように思えたんでしょうね」

「自分が本当にやりたいと思えることを見つけられるのは、すばらしいことだと思うんだけどな」

「同感ね。でも、父親に向き合わず修復師のことをひた隠しにしていたことは、波々壁さんの弱さだわ」

ばっさりと辛辣《しんらつ》に切った千都生だったが、「ま、親に留学させてもらったのに全然違うことを勉強してました、なんて言いにくいのもわかるけどね」と理解も示す。

「もうひとつ確認なんだけどさ。波々壁主任が帰国したのが一年前。時期は定かではないけど、そのあとに心を囚われたと言っていたよな」

「ええ」

「すると最長で一年は物語に囚われていたことになる。今日の今日まで物語が完結に――つまり主任が自死せず生きていたのは、どうしてなんだろう。いままで見てきた人たちも、いつから囚われていたのかわからないから何とも言えないんだけどさ、物語の進行速度が少し遅いように感じる」

千都生は「そんなこと知らないわよ」と言いつつも、真面目に考えてくれる。

「波々壁さんが『ゲオルク』、お父様が『父親』。波々壁さんのお父様が家を出たことで、物語を構成していた要素が突然抜けたでしょう。だから一時、物語が止まっていたんじゃない。それか、物語に囚われていると自覚した波々壁さんが、進行を止めるために狙って実家を出たのかも。でなきゃ普通、あんなところに住む？」

波々壁は、物語に心が囚われることがあるというのを知っていた。だからほかの人たちとは違い、囚われているということに途中で気づいた。しかし読也に言われるまでは声に出して他者に助けを求めることもできなかったと言っていたから、自分だけで試行錯誤せざるを得なかったのかもしれない。

「それなのに今日、実家に戻ったことで再び動いてしまったのか」

実家に連れ戻してしまったことを、読也は後悔した。

その様子を横目に見ていた千都生が強く言う。

「そのまま物語の進行を止めていたって、波々壁さんは死なずとも、どんどん衰弱していたでしょう。実家から距離をつくって問題を放置していたって、解決しない。向き合わなきゃ駄目なのよ。それが今日なの」

かなり息があがってきた。だが前を走る波々壁は速度を緩めない。いま、彼の中に彼自身の意識はどれほど残っているのだろうか。

吐く息を交えながら千都生は口を開いた。

「さっきも言ったけど、この物語はカフカ自身の苦悩を反映したものだという見方もできる。登場する『ゲオルク』『友人』『父親』はカフカ自身の中にある要素を表したものとも言われていて、観念的にはひとつの存在として見ることも可能なのよ。作中で三人は別の人間として登場するけれど、カフカというひとりの人間の中で完結し得る」

読也はまた、はっと息を呑んだ。

「つまり、波々壁主任ひとりの中でも、勝手に物語は進んでいく……？」

「その可能性は十分あるわね」

読也のひと言がきっかけで、波々壁の中にある物語は再び動き出してしまった。だから波々壁は飛び出したのだ。あとはもう、外部からの刺激がなくともストーリーは終わりへ向かっていく。

千都生は唇を引き結んだ。

「どうにかして、無理やりにでも止めるわよ」

駅前に来た。

元町・中華街駅の前には、中村川《なかむら》が流れている。波々壁はそこにかかっているフランス橋の途中まで走ると、ふいに止まり、欄干の上へあがろうとした。

「波々壁主任！」

読也は必死に叫んだが、波々壁の耳には届いていないようだ。橋の上を歩く人はまばらだったが、異常な行動をとる波々壁に皆が驚き、距離をとっている。

波々壁が欄干をのぼろうとする間に追いついた読也は、その肩を摑んで地面に押し留めた。そのまま押さえようとしたが、波々壁は信じられないほどの力で読也を突き飛ばすと、もと来たほうへ再び走りはじめた。それを千都生が追いかける。転がった読也はとっさに右手をついて起きあがると、二人を追った。

波々壁は落ちるための場所を探しているようだった。橋を戻って港の見える丘公園側に戻ると、首都高に沿うようにして東京湾のほうへ向かった。その背を追って走るうち、右手に段々と痛みが広がってくるのを感じた。どうやら、手をついたときに捻《ひね》ったらしい。

ベーカリーのある角を右折して地方道を直進する。横断歩道の信号は青で、波々壁はそこへ飛び出すように渡った。読也は間が悪いなと心の中で舌打ちしたが、数メートル先を走る千都生の「赤じゃなくてよかった」という呟きが耳に入り、たしかにそうだと思い改めた。いまの波々壁はきっと、交通ルールなど無視して先へ進んでしまうだろう。

目の前に道路橋が見える。霞橋《かすみ》だ。やはり波々壁は、「橋から落ちる」という物語の結末を目指しているのだ。

霞橋の真ん中で欄干を摑む波々壁に、まず千都生が追いついた。必死に押さえようとするが、力の差がありすぎる。波々壁は千都生の腕を振り切って欄干の上に乗り、身体を前へ乗り出した。

読也は力を振り絞り、全力で駆け寄った。落ちていく波々壁の右腕をとっさに摑む。橋からぶら下がった状態のまま、波々壁の身体は宙で止まった。無意識に差し出したのが先ほど捻《ひね》った右手だったため、手首から腕にかけて激痛が走った。

この状態で物語の正体を指摘するのはまずいかもしれない、と読也は危惧した。ここで意識を失われてしまうのは困る。波々壁を支えているのは読也の右手一本だが、とてもではないが引き上げられるほどの力はない。波々壁には、自らの意志で上にあがろうとしてもらわねば。

「波々壁主任」

声をかける。鈍く反応して読也を見上げた波々壁の瞳は、相変わらず虚ろだ。どうにか、我にかえってはくれないだろうか。

「人にはそれぞれ自分だけの物語があるから、簡単に全部を物語に囚われたりはしないと、波々壁主任が言ったんですよ」

千都生が引き上げるのを手伝おうとするが、めいっぱいに手を伸ばしても、波々壁の腕に届かない。せめて波々壁がだらりと垂らしたままの左腕を上に伸ばしてくれれば、千都生と二人で引っ張れるのに。

読也は懸命に声をかけ続けた。

「よく考えてください。主任とゲオルクは違います。よく見てください。おれは主任の父親ではありません。おれは主任に溺死を求めたことなんて一度もないですよ。誰も、波々壁主任に死んでほしいなんて思っていません。波々壁主任のお父様もです。こっちが現実ですよ。自分の人生と物語は別物なんだって、早く気づいてください!」

夢中になって呼びかけるうち、少しずつ前へ乗り出していたことに、読也は気づかなかった。

「あ」

欄干に接していた腹のあたりの服がずるりと滑り、身体が傾いた。足が地面を離れたと思った瞬間、読也の身体は波々壁とともに宙へ投げ出されていた。

「ヨミ!」

千都生の叫びが遠ざかる。

読也はあらん限りの力を出して叫んだ。

「波々壁主任の囚われている物語は『判決』だ!」

ドボンと鈍い水飛沫《しぶき》をあげ、波々壁と読也は水中へ落ちた。霞橋の高さはそれほどでもなく、水面まではせいぜい二、三メートルほどだ。しかしそれでも水面にぶつかったときの衝撃は強く、読也は波々壁の腕を離してしまった。

水は塩気があり、濁っていた。目を開けるとしみたが、読也は急いで波々壁の姿を探した。沈んでいく波々壁の身体を見つけ、泳ぎ寄って腕をとり、土手の低くなっているところへ引き上げる。

千都生が橋から駆け下りてきて、水中から出るのを手伝ってくれる。息があがっていた。かなりの量の水を飲んでしまっている。水は生臭く、苦さのある妙な味が口中に広がっていた。

「はあっ、はあっ、はあっ」

「大丈夫？」

「おれはいいから、主任を」

千都生は波々壁の脈をとった。その瞬間、波々壁が咳込み、派手に水を吐いた。

「いてえ……腕、なんでこんなに痛いんだ………というか、ここはどこだ？」

「波々壁主任」

かすれた声をかけながら読也が覗き込むと、波々壁はゆっくり上半身を起こした。

「実家に……行ったのか、俺は」

「はい」

指を眉間にあてながら、波々壁は記憶を探る。

「駄目だ。直近の記憶がほとんど抜けている。実家に行ったあとは、ひたすらに走った記憶しかないんだが」

　そこで波々壁は動きを止めた。

「——あ」

「どうしました？」

「ヨミが……俺に向かって必死になにかを叫んでいる顔が、目の奥に焼き付いたように残ってる」

　でもなにを言っていたのかはさっぱり思い出せない、と首を振る。

「もう、大丈夫なんでしょうか」

「ああ、いまはもう、頭はすっきりとしているよ」

　波々壁の目に、光が戻っていた。能面のように無表情だった顔に、感情が浮かんでいる。

「物語に囚われていたときの記憶は一応あるんだが、靄がかかったようにぼんやりしている。ヨミがアルバイトとしてやってきたことも、シスターや山西さん、副館長を物語から解放したことも覚えているが……囚われている時間が長引くにつれて、やはり朦朧《もうろう》としているな」

　波々壁ははたと千都生を見た。

「たしかきみはヨミの友人だったな。俺を助けようとしてくれたらしいことは覚えているんだが、すまない、もう一度名前を教えてくれるか」

「時田です。時田千都生」

「ありがとう、時田さん。物語の正体を見つけてくれて」

波々壁は読也にも頭を下げた。

「ヨミもすまなかった。妙な役目を背負わせてしまったな」

「いえ、ご無事でなによりです」

言ってから、読也はくしゃみをした。真夏だが、水に濡れた服を着たままというのは意外に身体が冷えた。読也の様子を見て、波々壁が立ち上がりながら言う。

「山手図書館に戻ろう。本館にならシャワー室がある」

帰途にあったコンビニで、千都生がタオルを買ってくれた。それで髪や身体を拭きながら、三人は歩いた。時折すれ違う人は、なにが起きたのかと奇異の目でこちらを見ている。だが波々壁を正気に戻すことができたことで満ち足りた気持ちになっていた読也には、そんな視線はまったく気にならなかった。

山手図書館に戻った読也たちは、ずぶ濡れの状態を斎田に見られ、たいそう驚かれた。交代でシャワーを借りると修復棟へ戻り、千都生の淹《い》れてくれた紅茶を飲んで、ようやくひと心地がついた。

「ずっと閉じた心の中にいたから、なんだかヨミともはじめて会ったような気分だ」

マグカップからのぼる湯気を顔に浴びながら、波々壁が心境を漏らした。

「俺が物語の不思議を知ったのは、スイスの修業時代だ。師匠は昔から、人の心が物語に囚われてしまうことがあると気づいていた。物語の正体を指摘すればもとに戻すことができるのも知っていて、図書の修復の技術とともに弟子たちに教えていたんだ。だが、この現象がどのようなメカニズムで引き起こされるのか、その原因まではわかっていなかった」

波々壁はマグカップを握る手に力を込めた。

「しかし自分が囚われてみて、よくわかった。人の心が囚われてしまう原因は、やはり物語の側にはないんだ。物語は、いつだってそこにあるだけ。物語が人を捕らえようとしているわけではなく、人の心が弱っているとき、物語に依存してしまうだけなんだ」

どうしてこの本はこんなに自分のことがわかるんだろうと驚くことがある。この物語には自分のことが書かれていると思ってしまうことがある。主人公に自分を重ねてしまうことがある。

どれもが、かけがえのない物語との出会いだ。ただ、心が弱りすぎてあまりにも力を失っていると、わずかなボタンの掛け違いで現実と物語は混ざり、歪んでしまう。

自分の歩く人生の物語を捨て、自分に近い要素のある、けれど自分とは違う物語を歩んでみたいと思ってしまう。

「物語はただそこに存在するだけ。問題なのは、受け取る側の心がどのような状態にあるかだ」

物語との出会いは心に豊かさと癒しをもたらしてくれる。人間の想像力は物語を無限に生み出し、生まれた物語は様々な心との出会いを繰り返す。

「これは精神疾患のひとつなんだと、俺は思う」

「精神疾患ですか」

「ああ。そう考えると、夜に物語が動くのも納得がいく。人間の自律神経系が交感神経優位から副交感神経優位に切り替わるのは夜なんだ。夜のほうが人間はリラックスし、身体から力が抜ける。自分自身の意識が薄まり、物語の比重が大きくなる」

波々壁はマグカップをテーブルに置くと、立ち上がって鳥籠を開けた。読也ははっと気づく。

「カナリアが……鳴いていない」

カナリアは普段、絶えず囀りを続け、異常を感知すると鳴くのを止める。だが、波々壁は穏やかに言った。

「心配しなくていい。カナリアにとっては、いまの俺の状態のほうが異常だというだけだ」

「どういうことですか」

波々壁は指でカナリアの身体を掻いた。

「こいつは、俺が日本に来てから知人にもらったものなんだ。カナリアが卵から孵《かえ》ったときにはもう、俺は物語に囚われていた。その状態の俺にすり餌を与えられ育てられたんだ。カナリアにとっては、物語に囚われている俺が『普通』の俺だったんだよ」

読也は納得した。どうりで、物語に囚われた波々壁のそばにずっといたのに、ほかの人間の異常を感知するまではずっと囀り続けていたわけだ。

カナリアは首を傾げて不思議そうに波々壁を見ている。物語から解放された本当の波々壁に慣れるまで、鳴くことはないのだろう。

「主任、覚えていますか。おれに、物語に囚われる人間を見ても本を読むのが怖くならないのかと訊いたこと」

波々壁は首を振った。

「いや……記憶にない。そんなことを言ったのか、俺は」

「はい。そのあとすぐに倒れてしまったので、おれ、答えていないままだったんです」

読也はちらりと横目で千都生を見、それから波々壁をまっすぐに見た。

「怖くありませんよ、ちっとも。幼い頃から物語は、おれに寄り添ってくれる大切な存在でした。おれは一冊ぶんしか記憶に留めておくことができませんが、それでも、読んだことがまったく無になるとは思っていません」

たとえ内容を忘れてしまったとしても、感情を揺り動かされた強い熱は身体の中から消えない。積み重ねてきたその熱が、いまの読也をつくっている。

「おれの中にある読書の経験は、おれが自分で選んできたものです。ほかの誰にコントロールされたものでもありません。波々壁主任は、物語はただそこにあるだけだと教えてくれましたよね。ただそこにあるものを自分の意思で自分の糧にすることに、怖いことなんてひとつもないですよ。現実への答えを物語の中に求めるのではなく、自分は自分、物語は物語だとしっかり線引きをしていれば、きっと大丈夫です。自分の物語に向き合えるのは、自分しかいないんですから」

「強いな、ヨミは」

波々壁は右手を読也の頭の上にぽんと置いた。

「俺もそんなふうにできればよかった」

「いや、あの、おれも口で言っているだけで、実際に心がひどく消耗するようなことがあったら、自信はないです。あくまで目標というか、理想というか」

「いや、ヨミならできるだろう。俺も倣えるように善処しよう」

波々壁の声は穏やかだった。千都生は読也が物語を覚えられないということを聞いても、別段驚いた様子もない。読也にはそれがありがたかった。

言い切ったからには理想を現実にしなければ。

読也は気を引き締めた。

＊

波々壁を物語から解放して三か月が経った。季節は秋に変わっていた。

現在、山手図書館本館で働いている読也は、一週間ぶりに修復棟の扉を開けた。電灯を点《つ》け、預かった植物図鑑を作業デスクに置く。

「ヨミ」

突然、背後から声をかけられた。驚いて振り向くと、千都生が立っていた。

「どうしたんだ」

「本館で借りてた本を返しに来たの。斎田さんが、ヨミは修復棟にいるって言うから様子を見に来た」

「こっちは関係者以外、立入禁止なんだけど」

「ちゃんと斎田さんに許可をもらってから来てるわよ」

千都生が毒づきながら作業デスクに近づく。

「それ、ヨミが修復するの」

読也はうなずいた。

物語から解放され気力を取り戻した波々壁は、すでに請け負っていた本の修復を二か月かけて終えると、壊れた仲を取り戻すために父親の転勤先であるフランスへ旅立っていった。波々壁不在の一か月、山手図書館修復棟は修復の依頼を受けていない。だが、読也が山西の本の修復をきっかけとして身につけた「喰い裂き」で直せる簡易なものだけは、サービスとして無償で引き受けていた。読也が作業することの了承を先方から得られたものだけだが、それでもすでに三件の依頼をこなしていた。

物語を自分の中に蓄積できない読也だが、修復ならば、内容に関係なく本に関わることができる。そのことが嬉しく、ありがたかった。まだ簡単なことしかできないが、自分のできる限りをもって図書を直したいと、強く思う。

「でも、おれが直せないような図書の修復依頼のほうが多く来るんだ。どうにもできないから断っているけれど」

喰い裂きならば、図書修復を専門としない司書でも身につけている人はいる。簡単に直せないから、専門職がいる山手図書館修復棟にわざわざ依頼するのだ。技術がないのだから当然だが、その声に応えられないのは、なんとももどかしかった。

「波々壁さん、いつ帰るかわからないの？」

「訊いてないんだ。斎田さんにも、なんだか訊けなくて。波々壁主任はこのまま帰国しないで、図書館を辞めてしまうつもりなのかもしれないと思うと怖くて」

「なにが怖いの？」

「え？」

千都生は呆れたようにため息を吐いた。なんだか、千都生にはいつも呆れられている気がする。

「ヨミはただのアルバイトでしょ。波々壁さんがいないのが不満だっていうなら、ヨミも辞めちゃえば？」

読也は慌てて否定した。

「いや、べつにそういうわけじゃ。ただおれは、波々壁主任に戻ってきてほしくて。それで……それでできれば、修復のことを教えてほしくて」

半ば千都生に言わされる形で、読也はようやく自覚した。

そうだ、自分は図書修復を波々壁から学んで、本の役に立ちたいのだ、と。

少し硬い、表紙の角を撫でるのが好きだ。紙の匂いやインクの匂い、頁を捲る微かな音が好きだ。

本とともに成長してきた。ずっと本が近くにあった。

実用書、伝記、歴史、自然、科学、あらゆるものを読んできた。中でも物語を読むのが特別好きだった。

物語の中に入ると、自分ではない別の存在に変身できるのが好きだ。外国の旅人、勇敢な冒険者、猫。周りは見慣れたいつもの部屋でなく、いつの間にか遥か昔や遠い未来、宇宙船の中や妖精の棲む深い森になっている。

こんなにも物語を愛しているのに、将来就く職業の選択肢にできない自分を、ずっと認められなかった。物語の内容を覚えていられない読也は、司書にはなれないだろうと思う。文芸編集者もきっと無理だ。

図書修復師という選択は、突然目の前に差し出された希望だった。

いまの日本に、図書の修復だけで生活できている人間はほとんどいないという。でも読也は、修復に食わせてほしいわけではない。自分を育ててくれた恩返しをするために、本を直したいのだ。

「おれ、もしかして鈍いのかな」

「自覚なかったの？」

千都生は相変わらず辛辣だ。でもおかげで、自分の気持ちをはっきりと知ることができた。

突然、修復棟の玄関扉が開いた。そよりとした秋の風とともに、黒いジャケットを羽織った痩身の男が入ってくる。

「は、波々壁主任」

「久しぶりだなヨミ。こっちにいたのか。時田さんも一緒か」

「いつ帰国していたんですか」

驚く読也に、波々壁は戸惑った様子で言った。

「今朝の便だ。斎田さんには伝えていたんだが……聞いてなかったのか？」

「ヨミはさっきまで波々壁さんが帰らなかったらどうしようと涙ぐんでいました」

千都生の余計な告げ口に、読也は慌てた。

「涙ぐんではいないだろ」

波々壁はわけがわからないといった顔で口を開く。

「俺は、山手図書館の修復師を辞めるなんて一度も言っていない」

そして、修復師の働き口なんてそうそう見つからないからな、と付け加えた。手にしていた紺色のトランクを開き、荷解きをはじめる。

「お父様とは……仲直りできましたか？」

そっと訊ねると、波々壁は穏やかな表情でうなずいた。

「ああ。会社の後継についてはこれからも話し合っていかなくてはならないが、修復師でいることを、ひとまずは認めてもらえたよ」

「そうですか、よかった」

読也は波々壁が戻ってきたことに心底ほっとしていた。

自分の気持ちは正直に伝えねばと、姿勢を正す。

「波々壁主任、お願いがあります」

「なんだ？」

「おれに、図書の修復の技術を教えてください」

読也の真剣な声に、波々壁は荷解きの手を止め、顔をあげた。

「それは、山手図書館のアルバイトとして簡易な修復を行いたいという意味ではないな？」

「はい。どんな状態の図書が来ても、もとに戻せるようになりたいんです」

懸命に言う読也に、波々壁はあっさりと首を横へ振った。

「それは無理だ」

「どうしてですか」

「図書の修復をどんなに完璧に行っても、壊れたものをもとの状態に戻すというのはできないからだ。俺が学んできた修復はあくまで、図書という形態の資料を、使用可能な状態で未来へ継いでいくことだ」

使用可能な状態で未来へ継いでいく。波々壁の言葉が、読也の心に響いた。波々壁から修復の本質について聞くのは、これがはじめてだった。

「それを理解したうえで、だ」

波々壁は人さし指を立てると、読也の前に示した。

「ひとつ、俺の修復は図書だけに留まらない。人と物語の関係がこじれたとき、それを修復することもまた、仕事に含まれる」

「はい」

続いてもう一本、中指も立てる。

「もうひとつ。根本的な話だが、どんなに修復の技術を身につけても、生活できるほどの仕事にはならないぞ」

「はい」

「さらにもうひとつ。俺も修復のすべてをマスターしたわけじゃない。いまだに師匠のようにはできないことがある。だからヨミの先生にはなれない。あくまで修復棟の先輩としてアドバイスをするだけだ」

「はい」

「それでもいいのなら、俺の持っているものはわけてやれる」

「はい、よろしくお願いします！」

読也は九十度に腰を折って礼を言った。顔をあげると、波々壁は下顎を撫でながらなにかを考えている。

「ヨミが修復の勉強をするなら、その間の働き手がいるな。そうだ、時田さんもここでアルバイトをしないか」

千都生は、読也のほうを見て一瞬だけ安堵の表情を見せたあと、すぐにもとの仏頂面に戻した。色白の肌に絹のような黒髪がはらりとかかる。それをかきあげると、波々壁に向かってきっぱりと言った。

「嫌ですよ、面倒は御免です」

ですから二人で頑張ってくださいと言い残すと、千都生はさっさと修復棟をあとにした。

「時田さん、ここへなにしに来ていたんだ?」

不思議そうに千都生の背を見送る波々壁に、読也はうまく答えられなかった。

「一応……励ましに来てくれたのかなと思います」

「それにしても、見事に振られたな。アルバイトの増員は斎田さんに頼んでおくか」

波々壁は苦笑して言った。読也は驚いて、波々壁の顔をまじまじと見た。

「なんだ?」

「いえ、波々壁主任が笑ったところを、はじめて見た気がしたので」

物語に囚われていたときは、声も表情も無感情に思えた波々壁だ。たとえ苦笑いでも、珍しい「笑顔」であることに変わりはない。

「まあ、もともとあまり感情表現は豊かなほうではないが。俺にだって表情筋はある」

憮然《ぶぜん》とする波々壁にぷっと吹き出してから、読也はまじめな顔をつくって言った。

「アルバイトの増員ですが、おれ、これまでと同じシフトで入るつもりなので大丈夫ですよ。これからはシフトのない日も来ます。図書の修復はそのときに教えてくださると嬉しいです。もちろん、波々壁主任の可能なときに」

いままでシフトのない日は、大学図書館に籠ってひたすら本を読む時間に充《あ》ててきた。読むたびに忘れてしまう虚しさを抱えながら、それでも本に触れていたかった。

だがこれからは忙しくなり、少しだけ、読書からは遠ざかることになる。

「でも」

読也の口許に自然と笑みが広がっていく。

今度は、違う形で本に寄り添っていける。

一切の負い目なく本に関われる方法を、山手図書館の修復師から学んでいこう。

窓を覆ったカーテンのわずかな隙間から差し込んだ秋の陽が、鳥籠で眠るカナリアの羽を黄金色に染めていた。

四話め　『判決』（フランツ・カフカ）

【参考文献】

・図書の修理 とらの巻／NPO法人書物研究会編、板倉正子監修、野呂聡子ストーリー・絵
・平成28年度 資料保存研修「簡易補修テキスト」／国立国会図書館 収集書誌部 資料保存課

【言及作品】

第一話

・芥川龍之介
「蜜柑・尾生の信（『黒衣聖母』）」
「河童・或阿呆の一生」
「杜子春」
・「新約聖書」

第二話

・岡本綺堂「半七捕物帳」
・ジャック・ロンドン「白牙」
・「ハチ公物語」
・エリック・ナイト「名犬ラッシー」
・ウィーダ「フランダースの犬」

・綾野まさる「南極物語」
・内田魯庵「犬物語」
・サマセット・モーム「月と六ペンス」
・伊藤左千夫「野菊の墓」
・小川未明「青空の下の原っぱ（『青い石とメダル』）」

第三話

・マザーグース
「きらきら星」
「クックロビン」
「おかごのばあさん」
「月の中の人」
「がァがァ、がちょう」
「文なし」（北原白秋訳）

第四話

・フランツ・カフカ「判決」

本書は書き下ろしです。
この物語はフィクションです。作中に同一の名称があった
場合でも、実在する人物・団体等とは一切関係ありません。

宝島社
文庫

横浜・山手図書館の書籍修復師は謎を読む
（よこはま・やまてとしょかんのしょせきしゅうふくしはなぞをよむ）

2022年11月19日　第1刷発行

著　者　宮ヶ瀬 水
発行人　蓮見清一
発行所　株式会社 宝島社
〒102-8388　東京都千代田区一番町25番地
電話:営業 03(3234)4621／編集 03(3239)0599
https://tkj.jp
印刷・製本　中央精版印刷株式会社

ISBN 978-4-299-03595-0

『このミステリーがすごい!』大賞 シリーズ

宝島社文庫

《第16回隠し玉》

三度目の少女

宮ケ瀬 水

大学生の関口藍は、前世・前前世の記憶を所持して生まれてきたという少女・伊藤杏寿と出会い、生まれ変わりを防ぐ手助けを頼まれる。情報収集のため、前前世の少女・木綿子の生家を訪ねた藍たちは、そこで謎の心霊現象《ポルターガイスト》に遭遇。その翌朝には当主の毒殺死体が発見され——。

定価 715円(税込)

※『このミステリーがすごい!』大賞は、宝島社の主催する文学賞です(登録第4300532号)

『このミステリーがすごい!』大賞 シリーズ

宝島社文庫

倒産続きの彼女

新川帆立

山田川村・津々井法律事務所に勤める美馬玉子。苦手な先輩、剣持麗子と組み、「会社を倒産に導く女」と内部通報されたゴーラム商会経理部・近藤まりあの身辺調査を行うことになる。調査を進めるなか、ゴーラム商会のリストラ勧告で使われてきた「首切り部屋」で、本当に死体を発見し……。

定価 750円(税込)